光文社文庫

文庫書下ろし／長編時代小説

大名強奪
日暮左近事件帖

藤井邦夫

光 文 社

本書は、光文社文庫のために書下ろされました。

目次

江戸川橋
大塚
板橋宿へ
巣鴨
赤城明神
石切橋
神楽坂
松平越前守屋敷
御薬園
切支丹坂
江戸川
中山道
日光御成街道
小石川馬場
傳通院
小石川
神明宮
白山
小石川御門
水戸徳川家
駒込
春日町
水道橋
菊坂台町
千駄木
御弓町
駒込追分
神田川
本郷
加賀前田家
水戸藩中屋敷
道灌山
湯島聖堂
霊雲寺
根津権現
日暮里
門前町
茅町
湯島天神門前町
不忍池
石神井用水
神田明神
湯島天神
弁財天
根岸
谷中
明神下
妻恋坂
池之端仲町
東叡山寛永寺
下谷御成街道
下谷広小路
外神田
御徒町
入谷鬼子母神
（真源院）
三味線堀
幡随院
下谷三之輪町
浅草天王町
甚内橋
鳥越明神
千住大橋
阿部川町
新吉原
新堀川
日本堤
鳥越橋
旅籠町
奥州街道
東本願寺
御蔵前
御蔵前通り
御米蔵
首尾の松
小塚原
浅草寺
浅草広小路
山谷町
御厩河岸之渡し
駒形町
雷門
新鳥越橋
山谷堀
浅草駒形堂
花川戸町
聖天町
吾妻橋
竹町之渡し
今戸橋
今戸町
白鬚之渡し
隅田川
源兵衛橋
竹屋之渡し
瓦町
中之郷
水戸藩下屋敷
三囲稲荷
向島墨堤
木母寺
隅田村
長命寺
北割下水
源森川
小梅村
法恩寺橋
横川
業平橋
寺島村
七日市藩下屋敷
押上村

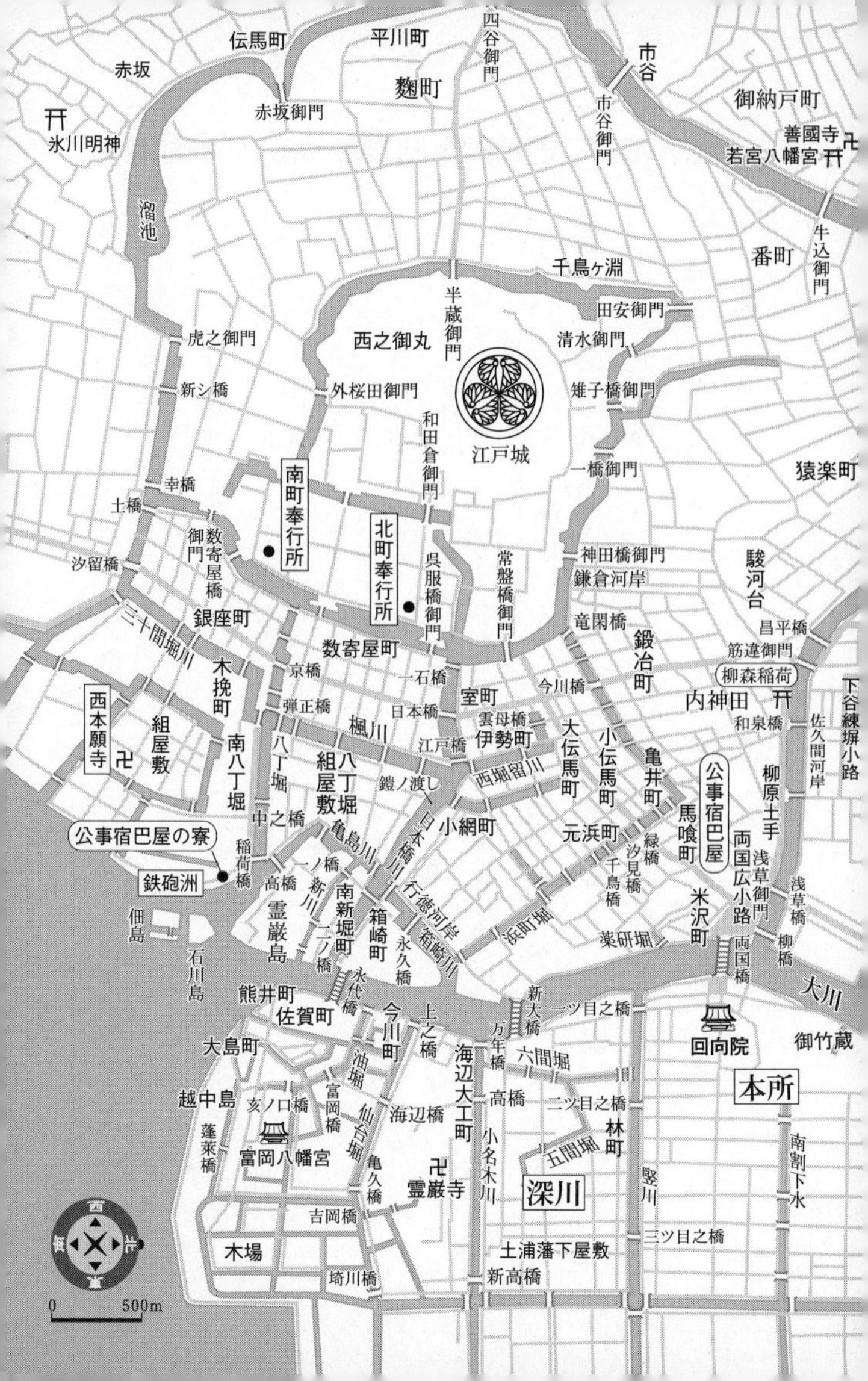

伝馬町
平川町
四谷御門
市谷
赤坂
麹町
赤坂御門
御納戸町
氷川明神
市谷御門
善國寺
若宮八幡宮
溜池
牛込御門
番町
千鳥ヶ淵
半蔵御門
田安御門
虎之御門
西之御丸
清水御門
新シ橋
外桜田御門
雉子橋御門
和田倉御門
江戸城
南町奉行所
一橋御門
猿楽町
幸橋
土橋
数寄屋橋御門
北町奉行所
汐留橋
呉服橋御門
常盤橋御門
神田橋御門
鎌倉河岸
駿河台
竜閑橋
三十間堀川
銀座町
昌平橋
数寄屋町
鍛冶町
筋違御門
柳森稲荷
京橋
一石橋
今川橋
内神田
西本願寺
木挽町
弾正橋
室町
下谷練塀小路
日本橋
雲母橋
和泉橋
組屋敷
楓川
伊勢町
大伝馬町
小伝馬町
亀井町
佐久間河岸
南八丁堀
八丁堀
江戸橋
八丁堀組屋敷
鎧ノ渡し
西堀留川
公事宿巴屋
柳原土手
中之橋
日本橋川
小網町
元浜町
馬喰町
公事宿巴屋の寮
稲荷橋
亀島川
緑橋
両国広小路
浅草御門
一ノ橋
汐見橋
鉄砲洲
高橋
新川
南新堀町
行徳河岸
千鳥橋
米沢町
浅草橋
佃島
霊巌島
二ノ橋
箱崎町
浜町堀
箱崎川
薬研堀
両国橋
柳橋
石川島
永久橋
新大橋
大川
熊井町
永代橋
一ツ目之橋
佐賀町
今川町
上之橋
万年橋
回向院
御竹蔵
大島町
海辺大工町
六間堀
油堀
本所
越中島
亥ノ口橋
富岡橋
高橋
二ツ目之橋
海辺橋
小名木川
林町
蓬莱橋
富岡八幡宮
仙台堀
五間堀
南割下水
亀久橋
霊巌寺
深川
竪川
吉岡橋
三ツ目之橋
木場
土浦藩下屋敷
崎川橋
新高橋
西
北
東
南
0
500m

主な登場人物

日暮左近 元は秩父忍びで、瀕死の重傷を負っているところを公事宿巴屋の主・彦兵衛に救われた。いまは巴屋の出入物吟味人。

彦兵衛 馬喰町にある公事宿巴屋の主。瀕死の重傷を負っていた左近を巴屋の出入物吟味人として雇い、巴屋に持ち込まれる公事の調べに当たってもらっている。

おりん 公事宿巴屋の主・彦兵衛の姪。浅草の油問屋に嫁にいったが夫が亡くなったので、叔父である彦兵衛の元に転がり込み、巴屋の奥を仕切るようになった。

房吉 巴屋の下代。彦兵衛の右腕。

清次 巴屋の下代。

お春 巴屋の婆や。

嘉平 柳森稲荷にある葦簀張りの飲み屋の老亭主。元は、はぐれ忍び。今は抜け忍や忍び崩れの者に秘かに忍び仕事の周旋をしている。

小平太 秩父忍び。

烏坊 秩父忍び。

猿若 秩父忍び。

蛍 秩父忍び。

陽炎 秩父忍び。

黒木平蔵 元江戸のはぐれ忍び。嘉平の友。

津坂兵部 犬山藩目付頭。

幻竜斎 木曾谷忍びのお館。

柳生蔵人 尾張柳生の剣客。

大名強奪

日暮左近事件帖

第一章　大名家強奪

一

　出入物吟味人《でいりものぎんみにん》の日暮左近《ひぐらしさこん》は、鉄砲洲波除稲荷《てっぽうずなみよけ》の傍《そば》の寮に迎えに来た小僧の春《はる》吉《きち》と日本橋馬喰町《にほんばしばくろちょう》にある公事宿《くじやど》『巴屋《ともえ》』に急いだ。

　公事宿『巴屋』は、言い知れぬ緊張に満ちていた。

「おりんさん、左近さんがお見えです……」

　春吉が店の土間に駆け込み、左近が続いて入って来た。

「左近さん……」

　おりんは、緊張の中に微《かす》かな安堵《あんど》を滲《にじ》ませて奥から出て来た。

「やあ……」

左近は、厳しい面持《おもも》ちで框《かまち》に上がった。

下代《げだい》の清次《せいじ》は、顔に殴られた痕《あと》を残し、頭に晒《さらし》を巻いて蒲団に寝ていた。

下代の房吉《ふさきち》は、心配げな面持ちで傍にいた。

「房吉さん……」

おりんが、左近を伴って入って来た。

「左近さん……」

房吉は、厳しい面持ちで振り返った。

「清次の具合は……」

左近は、眠っている清次を見た。

「頭を殴られていますが、お医者の診立《みた》てでは命に別状はなく、二、三日すれば動けるそうです」

房吉は報《しら》せた。

「そうですか。して、彦兵衛《ひこべえ》の旦那は……」

左近は尋ねた。

「清次を殴った浪人共《ども》が連れ去ったままです」

「何者です」

「そいつがはっきりしませんが、公事訴訟で旦那に負けた奴が恨み、浪人共を雇っての仕業《しわざ》かと……」

房吉は読んだ。

「して……」

左近は、話の先を促した。

「はい。清次の懐に此《こ》の結び文《ぶみ》が入っていました」

房吉は、左近に折り皺《じわ》の付いた一枚の紙を差し出した。

左近は、紙を受け取って目を通した。

紙には、『彦兵衛の命代百両。今日の暮六つ。おりんに昌平橋に持参させろ』と書かれていた。

「百両は……」

左近は、おりんに訊《き》いた。

「いつでも……」

おりんは頷《うなず》いた。

「左近さん。旦那の勾引《かどわかし》をした野郎、どうやら巴屋の内情に詳しいようですね」

房吉は読んだ。

「ええ。金の運び役におりんさんを名指しして来たところをみると、間違いないでしょうね」

左近は頷いた。

「じゃあ、おりんさんの代役なんかの細工は出来ませんか……」

房吉は、おりんの身を心配していた。

「無理でしょう。此処《ここ》は奴らの云う通りにするしかありません」

左近は告げた。

「ええ。で、どうします」

おりんは頷き、厳しい面持ちで尋ねた。

「先《ま》ずは彦兵衛の旦那を無事に取り戻すのが先決。房吉さんは昌平《しょうへい》橋の周囲に彦兵衛の旦那を捜して下さい。私は、おりんさんを見守り、金を受け取りに来る者を見定めます」

左近は告げた。

「もし、奴らが旦那を連れて来ていなかったら……」

房吉は、不安を過《よ》ぎらせた。

「金を受け取った者を追い、彦兵衛の旦那を必ず助け出します」

左近は、不敵な笑みを浮かべた。


夕暮れ時。

神田《かんだ》川に架かる昌平橋は、神田八《や》つ小路《こうじ》と不忍池《しのばずのいけ》に続く明神下《みようじんした》の通りを結び、多くの人が行き交《か》っていた。

おりんは、百両を包んだ小さな風呂敷包みを手にして昌平橋に佇《たたず》んだ。

昌平橋の袂《たもと》には、七味唐辛子売り、飴《あめ》細工売り、千年飴《ちとせあめ》売りなどの露店《ろてん》が並び、房吉はその間に紛れて彦兵衛を捜した。

もし、敵がおりんから金を受け取って直《す》ぐに彦兵衛を解き放つなら、駕籠《かご》か船で昌平橋の周辺に来ている筈《はず》だ。

房吉は、神田八つ小路に来る町駕籠《まちかご》や昌平橋の船着場に繋《つな》がれている屋根船《やねぶね》に彦兵衛の姿を捜した。だが、彦兵衛の姿は何処《どこ》にもなかった。

金を受け取った後に解き放つなら、彦兵衛は真っ直ぐ巴屋に帰す……。

房吉は読み、行き交う町駕籠や屋根船に彦兵衛を捜し続けた。

神田八つ小路で帰さなければ、勾引《かどわかし》をした者共《ものども》は金を受け取ったのを見届けて、彦兵衛を殺すだろう……。

左近は、神田八つ小路傍の旗本《はたもと》屋敷の屋根に潜み、神田川に架かっている昌平橋の周囲を見下ろしながら読んだ。

それは、彦兵衛と勾引をした者共が互いの素性《すじょう》を知っているからだ。

彦兵衛を殺して死体を消さない限り、枕を高くして眠る事は出来ない。

最悪なのは、彦兵衛が既に殺されている場合だ。

彦兵衛を殺し、金を受け取る魂胆《こんたん》なのかもしれない。

その時は……。

左近は、未《ま》だ見ぬ敵を冷笑した。

夕陽は大きく沈み、神田川の流れと昌平橋に佇んで不安気に辺りを見廻しているおりんを赤く照らした。

左近は見守った。

暮六《くれむ》つの鐘の音が響き渡った。

おりんは昌平橋に佇んだ。

様々な者が、おりんの前を行き交った。

おりんは緊張し、百両の包みを握り締めた。

「金は……」

男の声に、おりんは隣を見た。

半纏《はんてん》を着た中年男が、いつの間にか隣にいた。

「叔父さんは何処《どこ》だい……」

おりんは、中年男を睨《にら》みつけた。

「金を持って行けば、巴屋に帰すそうだ」

「本当に……」

「信用するしかねえ。金だ……」

中年男は、おりんに笑い掛けた。

おりんは、百両の包みを渡した。

「じゃあな……」

中年男は、百両の包みを受け取って昌平橋を渡って明神下の通りに立ち去った。

おりんは立ち尽くし、辺りを見廻した。

百両の受け渡しは呆気《あっけ》なく終わり、彦兵衛は戻らなかった。

房吉が、何気《なにげ》ない素振りでおりんに近付いて来た。

「旦那は……」

房吉は囁《ささや》いた。

「後で巴屋に帰してくれるそうだよ」

おりんは、腹立たし気に告げた。

「そうですか。後は左近さんに任せるしかありませんね」

「ええ……」

おりんと房吉は、暗くなっていく明神下の通りを見詰めた。

不忍池は月明かりに煌《きら》めいた。

半纏を着た中年男は、不忍池の畔《ほとり》を進んで茅町《かやちょう》二丁目の寺の連なりに向かった。そして、或《あ》る寺の山門を潜った。

百両の小判は、燭台《しょくだい》の灯《あか》りに輝いた。

「百両ですぜ……」

半纏を着た中年男は、狡猾《こうかつ》な笑みを浮かべた。

「うむ……」

頭分《かしらぶん》の髭面《ひげづら》の浪人は、百両の小判を見て頷いた。

「ならば、巴屋彦兵衛を……」

瘦《や》せた浪人が眉をひそめた。

「うむ。竜之助《りゅうのすけ》、彦兵衛を連れて来い……」

髭面の浪人は、隣の部屋に告げた。

竜之助と呼ばれた若い浪人が、隣の部屋から縛り上げた彦兵衛を引き立てて来た。

「彦兵衛、お前の役目は終わった」

髭面の浪人は、彦兵衛に笑い掛けた。

「そうか……」

彦兵衛は苦笑した。

「ああ。後は裏の墓場で眠ってもらうだけだ」

「汚い真似を……」

彦兵衛は吐き棄《す》てた。

「おい……」

髭面の浪人は、残忍な笑みを浮かべて痩せた浪人を促した。

「心得た……」

痩せた浪人は、彦兵衛を座敷から引き摺《ず》り出して縁側から庭に突き落とした。

彦兵衛は、庭に転げ落ちた。

痩せた浪人は追って庭に下り、刀を抜き払った。

「公事宿巴屋彦兵衛、凄腕《すごうで》と噂の公事師《くじし》も此《こ》れ迄《まで》だな……」

痩せた浪人は、嘲笑《ちょうしょう》を浮かべて刀を彦兵衛の上に振り翳《かざ》した。

刹那《せつな》、痩せた浪人の頭上が煌めいた。

痩せた浪人は、棒のように身体を伸ばした。

髭面の浪人、若い浪人の竜之助、半纏を着た中年男は戸惑った。

身体を棒のように伸ばした痩せた浪人は、頭から血を流して横倒しに斃《たお》れた。

彦兵衛は倒れたまま、屋根の上に左近がいるのに気が付いた。

左近さん……。

彦兵衛は、思わず安堵を滲ませた。

左近は、半纏を着た中年男を尾行《つけ》て来ていたのだ。
髭面の浪人、竜之助、半纏を着た中年男は驚き、困惑した。
どうした……。
「行け、竜之助……」
髭面の浪人は、竜之助を促した。
竜之助は頷き、刀を抜いて庭に跳び出した。
次の瞬間、左近が屋根から跳び下りて来て無明刀《むみょうとう》を抜き打ちに斬り下げた。
竜之助は、頭から血を振り撒《ま》いて斃れた。
髭面の浪人と半纏を着た中年男は、座敷から廊下に逃げようとした。
左近は、地を蹴って座敷に跳び、無明刀を閃《ひらめ》かせた。
閃きは縦横に走った。
半纏を着た中年男は、首の血脈《けつみゃく》を刎《は》ね斬られ、血を振り撒いて斃れた。
髭面の浪人は、無明刀の閃きを背中に受けて前のめりに倒れ込んだ。
左近は、倒れた髭面の浪人の襟首を摑《つか》まえ、庭の彦兵衛の許《もと》に引き摺り出した。
「た、助けてくれ……」
髭面の浪人は、嗄《しゃが》れ声を引き攣《つ》らせて左近と彦兵衛に命乞いをした。

「誰に頼まれての所業《しょぎょう》だ……」

左近は、髭面の浪人の喉元に無明刀の鋒《きっさき》を突き付けた。

「そ、それは……」

髭面の浪人は、喉を鳴らして躊躇《ためら》った。

「公事訴訟で私に負けた公事師の戎《えびす》屋徳《とく》兵衛《べえ》に雇われたのか……」

彦兵衛は、拉致《らち》されてから頭の中で己を恨む者の割出しをした。そして、浮かんだのが同業の公事宿『戎屋』徳兵衛だった。

「知らねえ。俺は戎屋徳兵衛なんか知らねえ」

髭面の浪人は狼狽《うろた》えた。

「図星《ずぼし》か。分かり易い奴だな……」

左近は苦笑した。

次の瞬間、髭面の浪人は斬り棄てられた浪人の刀を拾い、彦兵衛に襲い掛かった。

刹那、左近は苦無《くない》を放った。

苦無は煌めき、髭面の浪人の首に突き刺さった。

「お、おのれ……」

髭面の浪人は、顔を醜《みにく》く歪《ゆが》めて絶命した。

左近は、苦無を抜いた。

「助かりましたよ、左近さん。必ず来てくれると思っていました」

彦兵衛は、礼を云って笑った。

「おりんさんと房吉さんも心配しています」

「そうですか……」

「して、此の寺の住職は……」

「酒浸《びた》りの生臭《なまぐさ》でしてね。酒代欲しさに寺を此奴《こいつ》らに使わせていたようです」

彦兵衛は吐き棄てた。

「ならば……」

左近は、無明刀の鯉口《こいぐち》を切った。

「左近さん。生臭とはいえ、坊主を斬るのは寝覚めが悪い。御寺社に報せます」

寺は寺社奉行の支配下にあり、生臭坊主などは直ぐに僧籍を剝奪《はくだつ》される。

「そうですか……」

左近は頷いた。

「さあて、長居は無用。帰りましょう」

彦兵衛は、疲れたように告げた。

「ならば、百両、返してもらおう……」

左近は、髭面の浪人の懐から百両を取り戻し、彦兵衛に渡した。

「百両ですか。高いのか安いのか……」

彦兵衛は、己の命に付けられた値に苦笑した。

月は蒼白《あおじろ》く輝いた。

彦兵衛勾引《かどわかし》を頼んだのは、公事宿『戎屋』主の徳兵衛……。

「徳兵衛の奴……」

おりんは、怒りを滲ませた。

「さあて、どうします、旦那……」

房吉は、彦兵衛に出方を尋ねた。

「公事訴訟で負けたのを恨み、勾引を働くような公事師は世間の為にならない……」

彦兵衛は、厳しさを滲ませた。

「ですが、金で雇った浪人共がいない今、御上《おかみ》に訴え出ても……」

房吉は眉をひそめた。

「叔父さんの勾引《かどわかし》をした証拠《あかし》はありませんよ」

おりんは、微かな苛立《いらだ》ちを滲ませて頷いた。

「ならば、闇に葬る迄……」

左近は、薄い笑みを浮かべて云い放った。


京橋《きょうばし》の北詰に公事宿『戎屋』はあった。

公事宿『戎屋』は、夜の闇に覆《おお》われて眠りの底に沈んでいた。

主の徳兵衛は、寝酒を飲んで高鼾《たかいびき》で眠り込んでいた。

寝間の暗がりが揺れ、左近が滲むように現われた。

左近は、徳兵衛が高鼾で眠っているのを見定め、懐から懐紙《かいし》を出して枕元の残り酒で濡《ぬ》らした。

徳兵衛の高鼾は続いた。

左近は、酒で濡らした懐紙を徳兵衛の顔に被《かぶ》せ、貼り付けた。

徳兵衛の高鼾が止まり、寝息が消えた。

「うっ……」

徳兵衛は、濡れ紙で息が出来ずに跳ね起きようとした。

左近は、徳兵衛の手足を押さえた。

徳兵衛は、顔を濡れた懐紙で覆われて必死に踠《もが》き、逃れようとした。

左近は許さず、徳兵衛を押さえ続けた。

やがて、徳兵衛の五体から力が抜けてぐったりとし、息が消えていった。

死んだか……。

左近は、徳兵衛の顔から濡れた懐紙を剝《は》がし、絶命しているのを見定めた。

公事宿『戎屋』徳兵衛は、身体の何処にも毛筋ほどの斬り傷や針の穴のような刺し傷もなく、首を絞められた痕跡《あとかた》もなく息絶えた。

おそらく世間は、徳兵衛の死を急な心《しん》の臓《ぞう》の発作《ほっさ》と考えるだろう。

よし……。

左近は、寝間の闇を揺らして溶けるように消え去った。

暗い寝間には、徳兵衛の死体だけが残された。

京橋川の流れは月明かりに輝いた。

京橋の袂にある公事宿『戎屋』の屋根の上に、左近が現われた。

左近は日本橋に続く往来、両側に軒を連ねているお店《たな》の屋根、京橋川に異変がないか見廻した。

夜の闇が重く沈み、静かに広がっているだけだった。

左近は、夜の闇を透《す》かし見た。

異変はない……。

左近は見定め、公事宿『戎屋』の屋根から跳び下りた。

人の気配はない……。

左近は、警戒を解いて楓川《もみじがわ》に向かった。


楓川に架かっている弾正橋《だんじょう》を渡り、八丁堀《はっちょうぼり》沿いを東に進み、亀島川《かめじまがわ》との合流地に架かる稲荷橋を渡ると鉄砲洲波除稲荷があり、左近の暮らしている公事宿『巴屋』の寮がある。


左近は、公事宿『巴屋』の寮に急いだ。

八丁堀沿いの北岸、本八丁堀《ほんはっちょうぼり》の通りは暗く行き交う人もいなかった。

左近は進んだ。

本八丁堀の北の奥には、南北両町奉行所の与力同心たちの組屋敷街がある。
左近は、八丁堀に架かっている中《なか》ノ橋の袂を通り、稲荷橋に進んだ。
稲荷橋は、亀島川と合流する寸前の八丁堀に架かっている。
左近は、稲荷橋に近付いた。
稲荷橋の袂の闇が微かに揺れた。
左近は立ち止まり、稲荷橋の袂の闇を見詰めた。
稲荷橋の袂の闇から人影が現われた。
何者だ……。
左近は窺《うかが》った。
人影は背の高い痩せた武士……。
左近は見定めた。
武士が一人、夜更けに稲荷橋の袂で何をしているのだ……。
左近は読んだ。
もしや、私に用があっての事かもしれない。
よし……。

左近は、稲荷橋の袂に佇む武士に鋭く殺気を放った。

武士は大きく跳び退き、左近に向かって笑った。

「何者だ……」

左近は尋ねた。

「おぬし、日暮左近か……」

武士は、日暮左近を見据えた。

やはり、私に用があるのか……。

左近は、武士を見返した。

「如何《いか》にも。おぬしは……」

「そうか、やはりおぬしが日暮左近か。拙者は柳生蔵人《やぎゅうくらんど》……」

背の高い痩せた武士は、左近に笑い掛けた。

「柳生蔵人……」

左近は、微かな緊張を覚えた。

だが、柳生蔵人に殺気は窺えなかった。

大勢の柳生一族の者を斃された恨みはないのか……。

左近は戸惑った。

蔵人は殺気を窺わせず、笑みを浮かべているだけだった。

「して、私に何か用か……」

左近は、蔵人を見据えた。

「一族の者共がいろいろ世話になったそうだな。礼を申そう……」

柳生蔵人は、冷笑を浮かべた。

「礼には及ばぬ……」

左近は苦笑し、周囲の闇に裏柳生《うらやぎゅう》の忍びの者の気配を探った。

だが、裏柳生の忍びの者の気配はなかった。

「そうか。ならば……」

蔵人は、不意に稲荷橋の向こうにある鉄砲洲波除稲荷を見た。

左近は、思わず蔵人の視線を追った。

次の瞬間、蔵人は地を蹴って大きく跳んだ。

左近は、虚《きょ》を衝《つ》かれた。

蔵人は、左近の頭上を大きく跳んで背後に着地し、振り返った。

左近は身構えた。

蔵人には、相変わらず殺気は窺えなかった。

「日暮左近、今宵は此れ迄だ……」
蔵人は、左近に笑い掛けて立ち去った。
毛筋程の殺気も感じさせず。
何故だ……。
左近は、微かな困惑を覚えずにはいられなかった。
柳生蔵人、何故に現われた……。
左近は見送った。
何故に……。
微風《そよかぜ》が吹き抜け、八丁堀の流れに映《は》える月影は蒼白《あおじろ》く震えた。

二

公事宿『戎屋』徳兵衛は、眠っている間に心の臓の発作に襲われて急死した。
翌日、公事宿『戎屋』は主の徳兵衛の急死を自身番に届け、喪に服した。
左近の仕事……。
彦兵衛、おりん、房吉は、徳兵衛を心の臓の発作での急死に見せ掛けて始末した左近の凄味を思い知らされた。

「その後、戎屋の者や旦那の勾引《かどわかし》をした浪人共の仲間から何か動きはありましたか……」

左近は、彦兵衛に尋ねた。

「いいえ。別に何もありません」

彦兵衛は、薄い笑みを浮かべた。

「そうですか。ですが、未だ油断は禁物《きんもつ》。くれぐれも用心を……」

左近は告げた。

「はい。おりんや房吉にも伝えておきます」

彦兵衛は頷いた。

左近は、公事宿『巴屋』の周囲を検《あらた》めた。

公事宿『巴屋』の隣の煙草《たばこ》屋の表では、婆やのお春《はる》が煙草屋の老爺《ろうや》、近くのお店の隠居、裏の妾《めかけ》稼業の女などと、お喋りをしながら不審な者を警戒しており、左右の横手や裏に変わった様子は窺えなかった。

今のところ、異常はない……。

左近は見定め、日本橋馬喰町の公事宿『巴屋』を離れた。

神田川沿いの柳原《やなぎわら》通りは、両国《りょうごく》広小路と神田八つ小路を結び、多くの人が行き交っていた。

左近は、柳原通りを柳森《やなぎもり》稲荷に向かった。

柳森稲荷には参拝客が出入りし、鳥居の前の空き地には古着屋、古道具屋、七味唐辛子売りなどの露店が並んでいた。

左近は、露店の奥にある葦簀《よしず》掛けの飲み屋に向かった。

葦簀掛けの飲み屋の外では、仕事に溢《あぶ》れた日雇い人足たちが安酒を飲んでいた。


「邪魔をする……」

左近は、飲み屋の葦簀を潜った。

「おう……」

飲み屋の老亭主の嘉平《かへい》は、料理屋や居酒屋から集めて来た飲み残しの酒を酒樽《さかだる》に注ぎながら左近を迎えた。

「どうした。早いな……」

「ちょいと訊きたい事があってな」

「さあて、何かな。下《くだ》り酒《ざけ》だ……」

嘉平は、左近に下り酒を注いだ湯呑《ゆのみ》茶碗を茶の代わりに差し出した。

「うむ……」

左近は、湯呑茶碗の酒を飲んだ。

「昨夜、柳生蔵人が現われた……」

左近は告げた。

「柳生蔵人……」

嘉平は眉をひそめた。

「知っているか……」

「噂だけだ……」

「どんな噂だ」

左近は尋ねた。

「聞くところによると、尾張《おわり》柳生の遣《つか》い手《て》だ……」

嘉平は、既に噂を聞いていた。

「尾張柳生か……」

左近は、柳生蔵人の素性を知った。

〝尾張柳生〟とは、柳生流の祖、柳生宗厳《むねよし》の子の宗矩《むねのり》が徳川将軍家剣術指南となって江戸柳生となり、宗矩の兄の子の兵庫助利厳《ひょうごのすけとしよし》が尾張家の剣術指南となり尾張柳生と称されていた。

その後、江戸柳生は公儀総目付《こうぎそうめつけ》となり、裏柳生を駆使して大名《だいみょう》となり、尾張柳生は柳生新陰流《しんかげりゅう》の道統《どうとう》を護《まも》り、伝えるとされていた。

「うむ。その尾張柳生の柳生蔵人が江戸に来ているのか……」

嘉平は、厳しさを滲ませた。

「ああ……」

「そうか。ま、何《いず》れにしろ、尾張柳生の柳生蔵人、今の江戸と尾張の両柳生新陰流随一の遣い手だろうな。うん……」

嘉平は、己の睨《にら》みに頷いた。

「そうか……」

左近は、配下も従えずに現われ、殺気の気配も窺わせずに立ち去った柳生蔵人に云い知れぬ畏怖《いふ》を覚えずにはいられなかった。

「ところで、京橋の公事宿戎屋の徳兵衛という旦那が心の臓の発作で頓死《とんし》したが、知っているか……」

嘉平は、話題を変えた。

「うむ。巴屋の旦那に聞いた……」

左近は惚《とぼ》けた。

「しかし、徳兵衛に心の臓が悪いという話は、今迄に一度もなかった……」

嘉平は首を捻《ひね》った。

「ならば……」

「だが、徳兵衛の死体には、毛筋程の傷も針で突いた穴もなく……」

「首を絞めた痕跡もないか……」

左近は告げた。

「良く知っているな……」

嘉平は、左近に鋭い眼を向けた。

「心の臓の急な発作と見定められたからには、首を絞められた痕は残っていなかった筈《はず》だ」

左近は、小さく笑った。

「その通りだ。で、心の臓の急な発作だ……」

嘉平は苦笑した。

「うむ……」

左近は頷いた。

「それから、不忍池の畔の寺で食い詰め浪人が三人と半端な博奕《ばくち》打ちが斬り殺されてな……」

嘉平は、左近を見詰めた。

「食い詰め浪人と半端な博奕打ちか……」

「ああ。頭の真上に棒手裏剣《ぼうしゅりけん》を打ち込み、真っ向から一太刀で斬り下げる。凄《すさ》まじい遣い手だ……」

「そうか……」

「ああ。世間には俺たちの知らぬ忍びがまだまだいる。お前さんも気を付けるんだな」

嘉平は告げた。

「心得た……」

左近は、不敵な笑みを浮かべた。

柳森稲荷には参拝客が訪れ、居並ぶ古着屋、古道具屋、七味唐辛子売りには冷やかし客が訪れていた。

左近は、葦簀掛けの飲み屋を出て柳森稲荷前の空き地を見廻した。

柳森稲荷の本殿の屋根、露店の冷やかし客の中や揺れる古着の陰には、見張っていると思われる者はいなかった。

左近は、柳森稲荷の本殿の屋根に跳び、露店の並ぶ空き地と柳原通りを眺めた。

やはり、見張っている者はいない……。

左近は見定めた。

江戸のはぐれ忍びと嘉平の拘《かか》わりは、未だ知られていないようだ。

左近は、柳森稲荷の本殿の屋根から跳び下りた。


夜、神田駿河台《するがだい》は闇と静寂に覆われていた。

旗本水野主水正《みずのもんどのかみ》の屋敷は、主《あるじ》一家の暮らす奥御殿、家臣たちの住む重臣《じゅうしん》屋敷や長屋などがあり、深い眠りに落ちていた。

三千石取《ごく》りの旗本である水野屋敷は広大であり、六十人程の家臣と三十人程の中間《ちゅうげん》小者《こもの》などの奉公人が暮らしている。

主の水野主水正は、五人いる公儀大目付《おおめつけ》の一人であり、老中《ろうじゅう》支配として諸務を監督し、諸大名を監察し、怠慢などを摘発するのが役目だった。

水野主水正と若い側室《そくしつ》は、裸で絡《から》み合ったまま眠りに落ちていた。

寝間の天井から忍びの者が飛び下り、隅《すみ》の暗がりに忍んだ。

水野主水正と若い側室は、鼾を掻《か》いて眠り続けた。

忍びの者は、水野主水正と側室が眠っているのを見定め、懐から紙を取り出し、枕元に置いてあった水で濡らした。そして、水野主水正の顔に被せた。

濡れ紙は、水野主水正の顔に貼り付いて口と鼻を塞《ふさ》いだ。

水野主水正は、息が出来なくなって無意識に顔の濡れ紙を剝《は》がそうとした。

忍びの者は、素早く馬乗りになって両手を押さえた。

水野主水正は踠《もが》いた。

忍びの者は押さえた。

若い側室は、鼾を掻き続けた。

やがて、水野主水正が踠くのを止《や》めた。

忍びの者は、水野主水正の顔から濡れ紙を静かに剝がした。

水野主水正は息絶えていた。

忍びの者は、満足げな笑みを浮かべて天井に跳んだ。

若い側室は、鼾を掻いて眠り続けた。

「大目付の水野主水正さまが頓死……」

彦兵衛は驚いた。

「ええ。若い側室と一戦交えた後、眠っている内に……」

清次は苦笑した。

「水野主水正さま、心の臓でも悪かったのかい……」

房吉は訊いた。

「さあ。朝、起きた時には死んでいて、直ぐに半井玄伯《なからいげんはく》って奥医師《おくいし》を呼んで診てもらったところ、身体の何処にも傷はなく、首を絞められた痕も毒を盛られた形跡もないので、心の臓の急な発作での頓死だと診立てたそうですよ」

清次は告げた。

「成《な》る程《ほど》……」

彦兵衛は、左近を見た。

左近は、壁に寄り掛かって茶を啜《すす》っていた。

「戎屋の徳兵衛と同じような死に方ですね」

房吉は眉をひそめた。

「うん。で、清次、水野主水正さま、今、何処かのお大名でも調べていたのかな……」

彦兵衛は尋ねた。

「さあ。そこ迄は聞いちゃあいませんが……」

清次は、首を捻《ひね》った。

「そうか……」

彦兵衛は頷いた。

「水野主水正の死、おそらく戎屋徳兵衛と同じでしょう」

左近は読んだ。

「同じ……」

彦兵衛は眉をひそめた。

「左近さん……」

房吉は、微かに緊張した。

「さあて、何が潜んでいるのか……」

左近は、不敵な笑みを浮かべた。

「大目付の水野主水正が戎屋徳兵衛と同じ急な心の臓の発作で頓死とはな……」

嘉平は苦笑した。

「うむ。何か噂を聞いているか」

左近は尋ねた。

「ああ。はぐれ忍びの間じゃあ、濡れ紙を使ったと噂しているよ」

はぐれ忍びたちは、大目付水野主水正は殺されたと見ていた。

「そうか。他には……」

「近頃、江戸の町で木曾谷《きそだに》忍びを見掛けたって噂がある」

「木曾谷忍び……」

左近は眉をひそめた。

「ああ。木曾谷忍び、古くからの忍びの流派でな。様々な大名に雇われて今に続いている忍びだ」

「その木曾谷忍びを江戸で見掛けたか……」

「うむ。もし木曾谷忍びの抜け忍なら、いずれ伝手《つて》を辿《たど》って繋《つな》ぎを取って来るかもな……」

嘉平は読んだ。

「うむ……」

「お館《やかた》は木曾谷の幻竜斎《げんりゅうさい》。噂じゃあ冷酷非情な奴だそうだが、本当のところは良く分からない」

嘉平は笑った。

「木曾谷の幻竜斎か……」

左近は、微かな緊張を覚えた。

「ああ。木曾谷忍び、大目付水野主水正の頓死に何か拘わりがあるのかもな」

嘉平は、鋭い睨みを見せた。

「ひょっとしたらな。処《ところ》で死んだ大目付の水野主水正、今、何を調べていたのか……」

水野主水正が殺されたならば、大目付として調べていた事が原因なのだ。

左近は読んだ。

「分かった。水野主水正、何を調べていたか、噂を集めておく……」

嘉平は頷いた。

「頼む……」

左近は、嘉平に笑い掛けて葦簀の内から出た。
左近は、葦簀掛けの飲み屋から出て、辺りを見廻した。
柳森稲荷に参拝客が訪れ、並ぶ露店には冷やかし客がいた。
見張っている忍びらしき者はいない……。
左近は見定め、柳原通りに進んだ。

神田駿河台の水野主水正の屋敷は、表門を閉めて喪に服していた。
左近は、水野屋敷を眺めた。
主を失った水野屋敷には訪れる者もいなく、静寂に包まれていた。
左近は、水野屋敷の周辺の屋敷を窺った。
周囲の屋敷の土塀の陰や屋根の上に、潜んでいる者は窺えなかった。
忍びの見張りはいない……。
左近は見定めた。
水野屋敷表門脇の潜り戸が開き、中年の武士が中間《ちゅうげん》に見送られて出て来た。
左近は、土塀の陰に入って見守った。

中年の武士は、中間と親し気に言葉を交わして裏神保《じんぼ》小路に向かった。

中年の武士は水野家の家来……。

左近は読んだ。

その時、斜向《はすむ》かいの旗本屋敷から菅笠《すげがさ》を被った小者が現われ、水野家の中年の家来を追った。

見張りの尾行……。

左近は睨んだ。

菅笠を被った小者は、水野屋敷の斜向かいの屋敷の中間頭《ちゆうげんがしら》に小粒《こつぶ》を握らせ、中間部屋に潜んで見張っていたのだ。

左近は、中年の家来を尾行《つけ》ていく菅笠を被った小者を窺った。

身の熟《こな》し、足取りから見て忍びの者……。

左近は見定めた。

そして、中年の家来を尾行る菅笠を被った小者に続き、一ツ橋通り小川町《おがわまち》へと進んだ。

中年の家来は何処に行くのだ……。

左近は、中年の家来を尾行る菅笠を被った小者を追った。

中年の家来は、内濠《うちぼり》沿いの三番火除地《ひよけち》に出て東に曲がった。

菅笠を被った小者は追った。

左近は続いた。

中年の家来は、三番火除地と上野国《こうずけ》安中《あんなか》藩江戸上屋敷や二番火除地の間の通りを南に進んだ。

通りの南の突き当たりには内濠があり、一ツ橋《ひとつばし》御門が架かっていた。

通りに行き交う人は少なかった。

中年の家来は足早に進んだ。

菅笠を被った小者は、苦無を構えて中年の家来に背後から跳び掛かった。

中年の家来の右肩から血が飛んだ。

左近は地を蹴った。

菅笠を被った小者は、血を流して必死に抗《あらが》う中年の家来を広大な三番火除地に引き摺り込み、苦無を刺した。

中年の家来は昏倒《こんとう》した。

菅笠を被った小者は、中年の家来の懐を探ろうとした。
刹那、菅笠を被った小者は跳び退いた。
左近が宙を飛び、蹴り掛かって来た。
菅笠を被った小者は、転がって躱《かわ》して苦無を投げた。
左近は、飛来した苦無を躱し、昏倒している中年の家来を庇《かば》って身構えた。
菅笠を被った小者は、菅笠を取って左近に投げた。
菅笠は縁《へり》を煌めかせ、回転しながら左近に飛んだ。
縁の煌めきは、仕込まれた隠し刃だ。
菅笠は隠し刃を煌めかせ、左近に迫った。
左近は、無明刀を抜き打ちに斬り下げた。
菅笠は、真っ二つに斬られて落ちた。
小者は怯《ひる》んだ。
左近は、小者に迫った。
小者は跳び退き、十字手裏剣を投げた。
左近は、無明刀を閃かせて十字手裏剣を叩き落とし、小者に迫った。
小者は、身を翻《ひるがえ》して逃げようとした。

左近は、無明刀を一閃《いっせん》した。

小者は、太股《ふともも》から血を飛ばして倒れた。

「此れ迄だ……」

左近は、無明刀を納め、小者を引き摺り起こした。

小者は、恐怖を過《よ》ぎらせた。

「何処の忍びだ……」

左近は、小者を冷ややかに見据えた。

「だ、黙れ……」

小者は、嗄《しゃが》れ声を震わせた。

「木曾谷忍びか……」

左近は冷笑した。

次の瞬間、小者は口元から血を流して仰《の》け反《ぞ》った。

しまった……。

左近は、小者が奥歯に仕込んだ毒を飲んだのに気が付き、腹立たしさを覚えた。

水野家の中年の家来は、腹を刺されて絶命していた。

左近は、中年の家来の懐を探り、袱紗《ふくさ》に包まれた物を取り出した。

小者に扮《ふん》した忍びが欲しがっていた物……。

左近は、袱紗を解いた。

袱紗の中から『尾張探索覚』と記された冊子が出て来た。

「尾張探索覚《おわりたんさくおぼえ》……」

左近は、尾張探索覚が大目付水野主水正の物だと知った。

三

夕暮れ時。

潮騒《しおさい》が響き、群れをなす鷗《かもめ》の鳴き声が煩《うるさ》かった。

左近は、袱紗を解いて水野主水正の尾張探索覚を出して読み始めた。

尾張探索覚には、尾張国犬山《いぬやま》藩が金を集め武器を秘かに買い込んでいるとの匿《とく》名《めい》の訴えがあり、配下の者に探索を命じた。そして、配下の者は麴町《こうじまち》十丁目にある犬山藩江戸上屋敷の探索を始めていた、とあった。

探索は始めたばかりなのか、尾張探索覚には未だそれだけしか書かれていなかった。

「尾張の犬山藩か……」

尾張国犬山藩三万五千石は、尾張国名古屋《なごや》藩付家老《つけがろう》の成瀬正成《なるせまさなり》を藩祖とする藩だ。そして、犬山藩は名古屋藩に支藩《しはん》扱いをされており、一部の家臣には不満を募らせている者がいると噂されていた。

犬山藩と名古屋藩……。

二つの藩の間には、いろいろな葛藤《かっとう》が潜んでいるようだ。

大目付水野主水正は、犬山藩が金を集め武器を買い込んでいるのを、名古屋藩絡みと読んでいたのかもしれない。

犬山藩は、大目付の水野主水正の秘かな探索に気が付き、忍びの者を放って殺したのかもしれない。

しかし、名古屋藩にしても犬山藩との揉《も》め事を公儀《こうぎ》に知られると、たとえ御三家であろうが只《ただ》では済まない。

名古屋藩にしても事は公《おおやけ》にせず、闇の彼方に葬りたいのだ。

忍びの者に水野主水正の闇討ちを命じたのは、名古屋藩なのかもしれない。

さあて、どちらの仕業なのか……。

左近は読んだ。

殺された水野家の中年の家来は、水野主水正の尾張探索覚を何処に持って行くつもりだったのか……。

小者に扮した忍びの者は、それを誰に命じられて阻止し、尾張探索覚を奪い取ろうとしたのか……。

せめて、水野家の中年の家来でも生きていれば……。

左近は、忍びの者を自死させた事を悔やんだ。

日は暮れた。

鷗の鳴き声は消え、潮騒だけが大きく響き、寮の中には夜の闇が広がり始めた。

柳森稲荷は夜の闇に覆われ、空き地の奥に葦簀掛けの飲み屋の小さな明かりが揺れていた。

左近は、柳森稲荷と葦簀掛けの飲み屋のある空き地の闇を透かし見た。

柳森稲荷の屋根と空き地の闇は、揺れる事もなく続いている。

忍びの見張りはいない……。

左近は見定め、嘉平の葦簀掛けの飲み屋を眺めた。

二人の博奕打ちが、葦簀掛けの飲み屋に向かって行った。

葦簀掛けの飲み屋では、主の嘉平が葦簀越しに外の闇を窺った。

柳森稲荷の本殿の屋根や空き地の物陰に潜み、見張っている者はいない。

嘉平は見定めた。

「親父、酒をくれ……」

二人の博奕打ちが訪れた。

「おう……」

嘉平は、二つの湯呑茶碗に安酒を満たして二人の博奕打ちに渡した。

二人の博奕打ちは銭《ぜに》を払い、外の縁台に腰掛けて湯呑茶碗の酒を飲み始めた。

「邪魔をする……」

左近が葦簀掛けの飲み屋の裏、神田川の河原から現われた。

「おう……」

嘉平は迎えた。

左近は、嘉平が床几《しょうぎ》代わりに使っている木株に腰掛けた。

「どうかしたか……」

嘉平は、左近に笑い掛けた。

「ちょいと調べ事をな……」

「調べ事……」

「ああ。殺された大目付の水野主水正は、尾張犬山藩が秘かに金を集め、武器を買い込んでいるのを探っていた」

左近は告げた。

「犬山藩……」

嘉平は眉をひそめた。

「ああ……」

「犬山藩、名古屋藩に支藩扱いをされ、いろいろ虐《しいた》げられているって噂だが、武器を買い込んで名古屋藩に恨みでも晴らそうって魂胆《こんたん》なのかな……」

嘉平は読んだ。

「そいつは良く分からないが、水野主水正の探索で揉め事が公儀に知れるのを恐れるのは犬山藩も名古屋藩も同じ……」

左近は、厳しい面持ちで告げた。

「じゃあ、水野主水正殺しは、犬山藩か名古屋藩に命じられた忍びの仕業か

「おそらくな……」

左近は頷いた。

「何処の忍びかは……」

「未だ分からぬが、仲間が毒を呷《あお》って死んだので、動きは激しくなるだろうな」

左近は苦笑した。

「仲間が毒を呷った……」

嘉平は、戸惑いを浮かべた。

「ああ。昼間、内濠一ツ橋外の三番火除地でな……」

「殺ったのか……」

嘉平は、左近を見詰めた。

「水野家の家来を襲ったので、捕まえたのだが……」

「毒を呷られたか……」

「ああ……」

「日暮左近も不覚を取るか……」

嘉平は苦笑した。

「その時、忍びが狙ったのは此奴《こいつ》だ……」

左近は、懐から尾張探索覚と書かれた冊子を出してみせた。

「尾張探索覚……」

「うん。忍びは水野の家来が此奴を何処かに持ち出そうとしたところを襲い、奪い取ろうとした……」

「で、何が書いてあるのだ……」

「探索は始まったばかりか、大した事は書いてはいない……」

左近は告げた。

「そうか。で……」

嘉平は、話の先を促した。

「水野主水正の残した尾張探索覚が秘かに売りに出されたと、噂を流してくれ」

左近は笑った。

「噂を流し、何処の忍びが寄って来るのか見定めるか……」

嘉平は読んだ。

「ああ……」

「面白い。引き受けた」

嘉平は頷いた。

「さあて、何処の忍びが釣られるか……」

左近は、不敵な笑みを浮かべた。

大目付水野主水正の残した尾張探索覚が売りに出された。詳しくは柳森稲荷の嘉平の父《と》っつあんに訊け……。

噂は、嘉平からはぐれ忍びを通じて江戸の裏渡世《うらとせい》に流された。

さあて、何処の忍びが引っ掛かるか……。

左近は、葦簀掛けの飲み屋の裏手に潜んで忍び者が訪れるのを待った。

嘉平は、何人かのはぐれ忍びを柳森稲荷の参拝客や飲み屋の客として見張らせた。

昼が過ぎた。

柳森稲荷前の空き地への出入口には、珍しく托鉢《たくはつ》坊主が佇んで経を読み始めた。

「お稲荷さんの前で托鉢とは、良い度胸の坊主だぜ……」

嘉平は苦笑した。

背の高い浪人が現われ、柳森稲荷に参拝して葦簀掛けの飲み屋に入って来た。

「御免……」

「いらっしゃい……」

嘉平は迎えた。

「酒を一杯貰《もら》おうか……」

浪人は注文した。

「おう……」

嘉平は、湯吞茶碗に酒を注いだ。

左近は、己の気配を消し、葦簀掛けの飲み屋の裏から浪人を見守った。

「お待ちどう。八文《もん》だ……」

嘉平は、浪人に酒の満ちた湯吞茶碗を差し出した。

「うん……」

浪人は、銭を払った。

「父っつあんが嘉平さんか……」

浪人は、嘉平に笑い掛けた。

「ああ。お前さんは……」

嘉平は、浪人に探る眼を向けた。

「矢坂平九郎《やさかへいくろう》……」

浪人は名乗った。

「矢坂平九郎さんか……」

本名かどうかは分からない……。

嘉平は、小さな笑みを浮かべた。

「ああ……」

「で、矢坂さんが何か用かな……」

「水野主水正の尾張探索覚、売りに出ているそうだな」

矢坂は、嘉平を見据えた。

「ああ……」

嘉平は頷いた。

「誰が、幾らで売りに出しているのだ」

「二十両。売っているのが誰かは、本人に訊くんだな」

「二十両か……」

矢坂は眉をひそめた。

「ならば、何処に行けば良い……」

「明日の今頃、又来ると良い……」

嘉平は笑った。

「そうか。分かった……」

矢坂平九郎は頷き、葦簀掛けの飲み屋から出て行った。

嘉平は見送り、裏を覗《のぞ》いた。

左近は、既に姿を消していた。

嘉平は苦笑し、矢坂平九郎が口を付けなかった湯呑茶碗の酒を樽に戻した。


浪人の矢坂平九郎は、葦簀張りの飲み屋を出て辺りを見廻した。

柳森稲荷の参拝客と古着屋、古道具屋、七味唐辛子売りを冷やかす客などが行き交っていた。

矢坂平九郎は、柳森稲荷や並ぶ露店の陰に忍びの者を捜した。

だが、忍びらしき者はいなく、柳原通りに続く出入口では托鉢坊主が経を読んでいるだけだった。

よし……。
矢坂は、出入口で経を読んでいる托鉢坊主を一瞥《いちべつ》して柳原通りに出た。
托鉢坊主は、経を読む声を張り上げた。

矢坂平九郎は、柳原通りに出て神田八つ小路に向かった。
出入口にいた托鉢坊主は、経を読みながら矢坂に続く者を見張った。
だが、女子供と年寄りが出て来るだけであり、矢坂の後を追う者はいなかった。
尾行《つけ》る者はいない……。
托鉢坊主は見定め、矢坂平九郎を追った。
左近が和泉《いずみ》橋の方から現われ、塗笠《ぬりがさ》を被って托鉢坊主に続いた。
矢坂平九郎と托鉢坊主……。
左近は、二人が仲間だと睨んだ。

托鉢坊主は、柳原通りから神田八つ小路に出た。
左近は、行き交う人に紛れて托鉢坊主の前に出た。
昌平橋に向かう矢坂平九郎の姿が見えた。

左近は、托鉢坊主が後ろから来るのを見定めて矢坂を追った。

矢坂は、神田川に架かっている昌平橋を渡り、明神下の通りに出た。

左近は尾行《つけ》た。

矢坂は、明神下の通りを不忍池に向かった。

不忍池か……。

左近は追った。

不忍池は煌めいた。

矢坂平九郎は、不忍池の畔で立ち止まった。

左近は、木立の陰に素早く隠れた。

矢坂は振り返った。

離れた畔を托鉢坊主が来るのが見えた。

尾行て来る者はいなかったようだ……。

矢坂は、不忍池の畔から雑木林の小道に入った。

左近は、雑木林の中を進み、小道を行く矢坂を見守った。

雑木林の小道の先には、板塀《いたべい》に囲まれた大きな家が見えた。

矢坂は、板塀の木戸門に入って行った。
左近は見届けた。
板塀に囲まれた大きな家は、既に潰《つぶ》れた料理屋だった。
左近は、雑木林を不忍池の畔に近い処《ところ》に戻った。

托鉢坊主は、雑木林の中にある潰れた料理屋に向かい、不忍池の畔を進んだ。
尾行る者はいなかった……。
托鉢坊主は、雑木林に差し掛かった。
刹那、雑木林から左近が飛び出し、托鉢坊主に襲い掛かった。
托鉢坊主は驚いた。
左近は、托鉢坊主の脾腹《ひばら》に拳《こぶし》を鋭く叩き込んだ。
托鉢坊主は、苦しく呻《うめ》いて気を失った。
左近は、気を失った托鉢坊主を担ぎ上げて雑木林に駆け込んだ。

寺の裏の墓地の隅には、鋤《すき》や鍬《くわ》、桶などを仕舞う道具小屋があった。
托鉢坊主は縛られ、竹の猿轡《さるぐつわ》を嚙《か》まされて道具小屋の土間に転がされた。

左近は、気を失っている托鉢坊主に水を浴びせた。

托鉢坊主は意識を取り戻し、己の置かれている立場に気が付いて踠《もが》いた。

「無駄な真似だ……」

左近は、冷ややかに告げた。

托鉢坊主は、左近に気が付いて恐怖に突き上げられた。

「序《ついで》に云っておくが、奥歯に仕込んだ毒は嚙めぬ……」

左近は笑い、苦無を出した。

苦無の刃は鈍色《にびいろ》に輝いた。

托鉢坊主は、恐怖に震えた。

「何処の忍びだ……」

左近は、托鉢坊主の喉元に苦無の鋒《きつさき》を突き付けた。

托鉢坊主は、必死に何かを云おうとして呻いた。

「木曾谷忍びか……」

左近は尋ねた。

「ああ……」

托鉢坊主は、涎《よだれ》を垂らして頷いた。

「嘘偽りはないな」

左近は、鈍色に輝く苦無の刃を托鉢坊主の喉元に走らせた。

「ああ……」

托鉢坊主は、顔を恐怖に引き攣《つ》らせて必死に頷いた。

「やはり、木曾谷忍びか……」

左近は、冷笑を浮かべて竹の猿轡の紐《ひも》を苦無の刃先で切った。

托鉢坊主は、肩を揺らして息を吐いた。

「木曾谷忍びと白状した限り、毒を嚙んでももう遅い……」

左近は嘲笑した。

「ああ……」

托鉢坊主は、観念したように頷いた。

「名は……」

「竜海坊《りゆうかいぼう》……」

托鉢坊主は、己の名を告げた。

「竜海坊か……」

「ああ……」

「竜海坊、木曾谷忍びは誰に雇われて働いているのだ」

左近は尋ねた。

「名古屋藩だ……」

「名古屋藩か……」

左近は、微かな戸惑いを覚えた。

「大目付の水野主水正を病での頓死に見せ掛けて殺したのは、木曾谷忍びが名古屋藩に頼まれての事だな」

左近は、托鉢坊主を厳しく見据えた。

「そうだ……」

「頼んだのは、名古屋藩の誰だ……」

「知らぬ。そこ迄は知らぬ……」

托鉢坊主は、声を震わせた。

「ならば、水野主水正を闇に葬ったのは誰だ」

「木曾谷忍びの青竜《せいりゅう》……」

托鉢坊主は俯《うつむ》いた。

「青竜……」

左近は眉をひそめた。

「ああ。柳森に行った浪人だ」

「奴か……」

「ああ……」

「ならば、名古屋藩は木曾谷忍びを雇い、何を企《くわだ》てているのだ」

左近は訊いた。

「それも知らぬ。本当だ。俺は木曾谷忍びの下忍《げにん》に過ぎぬ」

托鉢坊主は、必死に訴えた。

「よし。ならば竜海坊、此《こ》のまま青竜の入った家に行き、後を尾行る者はいなかったと告げ、此れ迄通りにするんだな」

左近は、竜海坊に笑い掛けた。


左近は、木曾谷忍びの竜海坊を解放した。

竜海坊は、不忍池の雑木林の潰れた料理屋に戻って行った。

左近は見送った。

事は漸《ようや》く姿を見せて来た……。

木曾谷忍びは、尾張名古屋藩に雇われて大目付の水野主水正を闇に葬り、今も何かを企てているのだ。

それはおそらく、尾張国犬山藩に絡んでいる事なのだ。

左近は読んだ。

名古屋藩と犬山藩の間には、何が潜んでいるのだろうか……。

鉄砲洲波除稲荷の稲荷橋に現われた柳生蔵人は、此度《こたび》の一件と拘わりがあるのか……。

何れにしろ、名古屋藩と犬山藩は秘かに敵対しているのだ。

面白い……。

左近は、不敵な笑みを浮かべた。

四

「木曾谷忍びの青竜……」

嘉平は眉をひそめた。

「ああ。名古屋藩に雇われて大目付の水野主水正を葬り、書き残した尾張探索覚を手に入れようとしている」

左近は告げた。

「しかし、あの覚書には大した事は書かれちゃあいない……」

嘉平は、戸惑いを浮かべた。

「それを知らないのか、俺たちの気が付かない事が書かれているのか……」

左近は、懐から尾張探索覚を出して黙読した。

尾張探索覚には、犬山藩が金を集め武器を秘かに買い込んでいるとの匿名の訴えがあり、配下に探索を始めさせたとしか書いていない。

やはり、此れといって変わった事は書かれていない……。

だが、大目付が書き残したものとして公儀に届けられれば、犬山藩は只では済まない。

只で済まないのは、名古屋藩も同様なのだ。

それ故《ゆえ》、名古屋藩は大目付の水野主水正の書き残した尾張探索覚を手に入れるよう、木曾谷忍びに命じた。そして、木曾谷忍びの青竜は、左近と嘉平の流した噂に乗った。

「嘉平の小父《おじ》さん……」

葦簀の外に女が佇み、葦簀掛けの飲み屋を窺っていた。

「おう。その声は黒木《くろき》の佐奈《さな》ちゃんか……」

嘉平は、顔を綻《ほころ》ばせて葦簀の外の女に声を掛けた。

「はい。黒木佐奈です」

「入んな……」

「はい。お邪魔します」

葦簀の内に入って来た黒木佐奈は、質素な形《なり》をした十七、八歳の武家の娘だった。

「あっ……」

佐奈は、左近がいるのに戸惑った。

「ああ。こちらは日暮左近さんだ……」

「は、はい……」

「左近さん。此の娘は、黒木佐奈ちゃんと云ってな、俺の古くからの友の黒木平《へい》蔵《ぞう》の娘だ」

嘉平は、眼を細めて佐奈を左近に引き合わせた。

「黒木佐奈です……」

佐奈は、左近に頭を下げた。

「日暮左近だ」

左近は会釈をした。

「で、佐奈ちゃん、平蔵がどうかしたか……」

嘉平は、佐奈に尋ねた。

「は、はい……」

佐奈は、左近を気にした。

「佐奈ちゃん、こっちの人は大丈夫だよ」

嘉平は笑った。

「はい。ご無礼致しました」

佐奈は、左近に詫《わ》びた。

「いいや……」

「で、佐奈ちゃん……」

嘉平は、佐奈を促した。

「はい。父の様子、変なんです」

「平蔵の様子が変……」

嘉平は眉をひそめた。

「ええ。父の碁敵《ごがたき》に津坂兵部《つさかひょうぶ》さまと仰《おっしゃ》る方がいるのですが、このところ、二人で何か深刻な顔をして密談をし、出歩いているんです……」

佐奈は、不安気に眉を歪《ゆが》めた。

「平蔵が深刻な顔をして密談……」

嘉平は、厳しさを過ぎらせた。

「はい……」

佐奈は頷いた。

「佐奈ちゃん、その碁敵の津坂兵部ってのは、どんな侍なんだ」

嘉平は尋ねた。

「はい。何でも尾張は犬山藩御家中の方だそうでして……」

「犬山藩……」

嘉平は、思わず声を上げた。

「父っつあん……」

左近は緊張した。

「うむ。佐奈ちゃん、詳しく聞かせてもらおうか……」

嘉平は、厳しい面持ちで佐奈を見据えた。

黒木平蔵は、伊賀忍《いがしの》びの抜《ぬ》け忍《にん》で嘉平の古くからの友だった。

嘉平と黒木平蔵は、江戸のはぐれ忍びとして一緒に様々な仕事をした。そして、はぐれ忍びとしての盛《さか》りが過ぎ、嘉平は柳森稲荷前に葦簀掛けの飲み屋を出し、黒木平蔵は書画骨董《しょがこっとう》の目利きになった。

その後、嘉平は江戸のはぐれ忍びの世話役となり、黒木平蔵は目利きとして大名旗本屋敷に出入りして犬山藩成瀬家家臣の津坂兵部と昵懇《じっこん》の間柄になって今に至っていた。そして、近頃は何事かを密談し、出掛ける事が多くなり、ここ三日、家に帰って来なかった。

佐奈は心配になり、子供の頃から可愛がってくれている嘉平に相談に来た。

「父っつあん……」

左近は、嘉平の出方を窺った。

「うむ。行ってみるか……」

嘉平は、左近や佐奈と共に根津権現《ねづごんげん》裏の千駄木町《せんだぎちょう》にある黒木平蔵の家に向かった。

根津権現裏の千駄木町一帯は曙《あけぼの》の里《さと》と称され、大名旗本の屋敷が多かった。

千駄木町には神明社《しんめいしゃ》があり、隣の板塀に囲まれた仕舞屋《しもたや》が黒木平蔵と佐奈の家だった。

板塀に囲まれた仕舞屋は、静けさに満ちていた。

「平蔵は戻っていないか……」

嘉平は、板塀に囲まれた仕舞屋を眺めた。

左近は、仕舞屋の様子を窺った。

人がいる気配や血の臭いはない……。

「お父上は、未《ま》だ帰っていないようだ」

左近は見定め、告げた。

「そうか。よし、佐奈ちゃん……」

嘉平は佐奈を促し、仕舞屋に入って行った。

左近は、庭先に廻った。

板塀に囲まれた狭い庭に変わった様子はなく、座敷や居間の雨戸は閉められていた。

居間の雨戸が開き、嘉平と佐奈が顔を出した。

「何か変わった様子はあるか……」

嘉平は訊いた。

「ないと思うが……」

左近は、庭を見廻した。

「家の中もだ……」

「そうか。よし、ならば、俺は麹町に行ってみるか……」

左近は、麹町十丁目の犬山藩江戸上屋敷に行く事にした。

「じゃあ、此奴を持って行け」

嘉平は、一寸弱四方の銅板《どうばん》を左近に渡した。

銅板には土蜘蛛《つちぐも》が彫られていた。

「土蜘蛛か……」

「ああ。風魔《ふうま》の抜け忍、土蜘蛛の嘉平の符牒《ふちよう》だ……」

嘉平は告げた。

「そうか……」

左近は、土蜘蛛の銅板を握り締めて笑った。

麹町は内濠に架かる半蔵《はんぞう》御門から外濠に架かる四谷《よつや》御門迄を東西に結ぶ町であり、一丁目から十丁目と続いた。そして、麹町十一丁目から十三丁目が、外濠四谷御門外にあった。

夕暮れ時。

左近は、千駄木から外濠沿いの道や屋敷の連なりの上を駆け抜け、外濠四谷御門内の尾張国犬山藩江戸上屋敷の前に立った。

犬山藩江戸上屋敷の前、麹町の往来を挟んだ南側には尾張国名古屋藩江戸中屋敷があった。

左近は、塗笠を上げて犬山藩江戸上屋敷を眺めた。

犬山藩江戸上屋敷は東側の成瀬横丁に表門を向け、南側の名古屋藩江戸中屋敷の背後を窺う位置にあった。そして、外から見た限りでは窺えない警備が、表門や南側の土塀の内にされていた。

厳しい警戒をするのは、それなりの理由がある筈だ。

黒木平蔵はいるのか……。

左近は、見定める為に犬山藩江戸上屋敷の横手から土塀に跳んだ。そして、土塀から屋敷内の作事《さくじ》小屋の屋根、厩《うまや》の屋根に跳んだ。

犬山藩江戸上屋敷は、大禍時《おおまがとき》の青黒さに覆われた。

左近は、表御殿の屋根に忍んで屋敷内を見下ろした。

屋敷内には、何カ所もの見張り場が作られ、見廻りの家来たちが行き交っていた。

警戒は厳しい……。

左近は、薄暗さに覆われた屋敷内に殺気を放った。

表御殿の屋根の隅の薄暗さが揺れ、左近の殺気を察知した忍びの者が現われた。

左近は、目深《まぶか》に被っていた塗笠《ぬりがさ》を取った。

刹那、忍びの者は左近に手裏剣を放った。

左近は、飛来する手裏剣を取った塗笠で打ち払った。

手裏剣は煌めき飛んだ。

「木曾谷忍びか……」

忍びの者は、表御殿の屋根に佇む左近を見据えた。

「違う……」

左近は、首を横に振った。

「ならば、元伊賀忍びの黒木平蔵さんか……」

左近は尋ねた。

「お前は……」

忍びの者の声には、己の名が知られている動揺が滲んでいた。

黒木平蔵だ……。

左近は見定め、名乗った。

「江戸のはぐれ忍び、日暮左近……」

「日暮左近……」

「うむ……」

左近は頷いた。

「日暮左近の名は知っているが、おぬしが日暮左近だという証《あかし》、あるのか……」

平蔵は、左近を見詰めた。

「それはないが、嘉平の父っつあんから此れを預かって来た」

左近は、平蔵に土蜘蛛の彫られた一寸弱四方の銅板を放った。

平蔵は、小さな銅板を受け取って検めた。

「そうか、おぬしが日暮左近か。噂は嘉平から聞いている……」

平蔵は、殺気を消して小さな笑みを浮かべた。

「佐奈さんが心配している……」

左近は告げた。

「佐奈は嘉平の処《ところ》に行ったのか……」

平蔵は、日暮左近が現われた理由を知った。

「ああ。ならば、木曾谷忍びが大目付の水野主水正を病に見せ掛けて葬ったのは、名古屋藩に雇われての仕事に違いないか……」

左近は頷いた。

「うむ。大目付の水野は、犬山藩が秘かに武器を買い集めている噂があるのを知り、配下に探らせ、名古屋藩との軋轢《あつれき》や葛藤の為の武器だと気が付き、犬山藩にそうさせた名古屋藩にも罪があると……」

平蔵は告げた。

「水野の腹の内を知った名古屋藩は、直ぐに木曾谷忍びに闇討ちを命じ、青竜なる木曾谷忍びが動いた……」

左近は読み、苦笑した。

「そうか。大目付の水野を殺ったのは、木曾谷忍びの青竜か……」

平蔵は眉をひそめた。

「うむ。青竜は明日、嘉平の父っつあんの店に水野の書き残した尾張探索覚なる物を買いに来る……」

左近は告げた。

「尾張探索覚……」

平蔵は眉をひそめた。

「ああ。犬山藩が名古屋藩に抗う為に秘かに武器を集めていると書き記されている」

「青竜は、そいつを買い取りに、明日嘉平の店に来るのか……」

平蔵は、微かな緊張を過ぎらせた。

「うむ。公儀の手に渡るのを恐れてな」

「嘉平はそいつを青竜に売るつもりか……」

「さあて、そいつは平蔵さんの腹一つ……」

「私の腹一つ……」

平蔵は戸惑った。

「嘉平の父っつあんは、平蔵さんの為に働くつもりだろう」

左近は、嘉平の腹の内を読んで苦笑した。

「しかし、嘉平が私の為に働けば、木曾谷忍びは江戸のはぐれ忍びに牙を剝《む》く……」

平蔵は読んだ。

「成る程。それで嘉平の父っつあんに何も報せず動いたか……」

「うむ。私は既に江戸のはぐれ忍びから身を退いた者であり、犬山藩目付頭《めつけがしら》の津坂兵部との友としての拘わりに殉じる迄。嘉平たち江戸のはぐれ忍びを巻き込みたくはない」

平蔵は、潔《いさぎよ》い笑みを浮かべた。

「良く分かった……」

左近は、黒木平蔵の潔い腹の内を知り、深く頷いた。

「そうか……」

「ならば平蔵さん、此の日暮左近を犬山藩目付頭の津坂兵部どのに逢わせてもらおう」

「逢ってどうする……」

平蔵は、戸惑いを浮かべた。

「雇ってもらう……」

左近は、不敵な笑みを浮かべた。


燭台の火は用部屋《ようべや》を照らしていた。

「日暮左近どのか……」

犬山藩目付頭の津坂兵部は、小さな白髪髷《しらがまげ》を震わせて左近を見詰めた。

「はい……」

左近は頷いた。

「平蔵……」

津坂兵部は、黒木平蔵を窺った。

「兵部、迷っている時ではない……」

黒木平蔵は、微かな苛立《いらだ》ちを過《よ》ぎらせた。

「うむ。ならば日暮左近どの、我が犬山藩の為に働いていただきたい。よしなに頼む……」

津坂兵部は、左近に小さな白髪髷の頭を深々と下げた。

「引き受けました」

左近は頷いた。

「ならば左近どの、明日、嘉平の店を訪れる木曾谷忍びの青竜は……」

黒木平蔵は、身を乗り出した。

「始末します」

左近は、事も無げに云い放った。

「左近どの……」

黒木平蔵は眉をひそめた。

「木曾谷忍びの相手は私がします。黒木さんは、津坂さまとお屋敷の護りを……」

左近は告げた。

「心得た。なあ兵部……」

黒木平蔵は、張り切って頷いた。

「うむ。犬山藩を小藩、支藩と侮《あなど》り、我ら家臣を又者《またもの》と蔑《さげす》む名古屋藩の者共に此れ以上の傲慢《ごうまん》は許さぬ……」

津坂兵部は、長年に亘《わた》って虐《しいた》げられて来た怒りに小さな白髪髷を震わせた。

〝又者〟とは〝陪臣《ばいしん》〟〝又家来《またけらい》〟とも呼ばれる臣下の臣、家来の家来の事だ。

犬山藩成瀬家は大名だが、尾張徳川家の付け家老の家柄なので、家来の家来ということで〝陪臣〟〝又者〟ということになるのだ。

闘う相手は、尾張名古屋藩六十二万石と木曾谷忍びの一党だ。

相手に不足はない……。

左近は、不敵な笑みを浮かべた。


柳森稲荷と並ぶ露店は賑《にぎ》わっていた。

嘉平は、葦簀掛けの飲み屋の周囲にはぐれ忍びを配置せず、木曾谷忍びの青竜の来るのを待った。

左近は、嘉平に犬山藩目付頭の津坂兵部や黒木平蔵と共に働く事を告げた。

「そうか。忝《かたじけな》い。造作《ぞうさ》を掛けるな」

嘉平は、古くからの友の黒木平蔵の味方になる左近に頭を下げた。

「先ずは木曾谷忍びの青竜だ……」

「して、尾張探索覚、二十両で売り渡すのか……」

「売っても渡しはせぬ」

左近は嘲笑を浮かべた。

「何……」

嘉平は、左近に怪訝《けげん》な眼を向けた。

「青竜に売り渡して油断させ、討ち果たして取り返す」

左近は笑った。


刻限が来た。

嘉平の葦簀掛けの飲み屋に客はいなく、主の嘉平が手持ち無沙汰《ぶさた》な顔をしていた。

「邪魔をする……」

浪人の矢坂平九郎が、葦簀掛けの飲み屋に入って来た。

「おう。矢坂の平九郎さんか……」

嘉平は、矢坂平九郎こと木曾谷忍びの青竜を笑顔で迎えた。

「さあて、どうなったかな……」

青竜は、嘉平に笑い掛けた。

「うん。預かっている。此奴《こいつ》だ……」

嘉平は、袱紗に包まれた『尾張探索覚』を飯台《はんだい》に置いた。

「うむ……」

青竜は、『尾張探索覚』に手を伸ばした。

「その前に二十両だ……」

嘉平は遮《さえぎ》った。

「うむ……」

青竜は、二十両の金を飯台に置いた。

「よし……」

嘉平は、二十両の金を受け取り、『尾張探索覚』を渡した。

青竜は、『尾張探索覚』を受け取り、中を素早く検めて懐に入れた。

「邪魔をしたな……」

「ああ。ご苦労だったたな……」

嘉平は、笑みを浮かべた。

青竜は、葦簀の内から出て行った。

嘉平は見送った。

青竜は、柳森稲荷を出て柳原通りを神田八つ小路に向かった。

神田八つ小路には多くの人が行き交っていた。

青竜は、それとなく尾行《つけ》て来る者を警戒し、神田八つ小路を神田川に架かっている昌平橋に進んだ。

尾行て来る者はいない……。

青竜は、昌平橋を渡って明神下の通りを不忍池に向かった。


不忍池には水鳥が遊び、波紋を幾つも重ねていた。

青竜は、明神下の通りから不忍池の畔に出た。

雑木林の梢《こずえ》の繁みが揺れた。

小鳥の囀《さえず》りが消えた。

青竜は、足を止めて雑木林を見詰めた。

梢の繁みが揺れ、木洩《こも》れ日が瞬《またた》いた。

刹那、青竜は雑木林の梢の繁みに十字手裏剣を投げた。

十字手裏剣は梢の繁みに吸い込まれ、黒い人影が落ちた。

周囲から木曾谷忍びの者共が現われ、雑木林に駆け込んだ。

先廻りをした獲物が罠《わな》に掛かったか……。

木曾谷忍びの頭の青竜は、配下の忍びの者に続いて雑木林に踏み込んだ。

刹那、殺気が噴き上がり、駆け込んだ木曾谷忍びの者が血を振り撒いて倒れた。

青竜は戸惑った。

配下の忍びの者が後退した。

日暮左近が現われ、無明刀を一振りした。

鋒《きつさき》から血が飛んだ。

「木曾谷忍びの青竜だな……」

左近は、青竜に笑い掛けた。

「お前は……」

青竜は、左近を見据えた。

「日暮左近……」

左近は名乗った。

「江戸のはぐれ忍びか……」

「今は犬山藩に味方する者だ……」

左近は、青竜に笑い掛けた。
「そうか。江戸の野良犬が犬山藩の番犬に飼われたか……」
青竜は嘲笑した。
次の瞬間、木曾谷忍びの者が左近に十字手裏剣を放った。
左近は、木立を盾《たて》に十字手裏剣を躱し、幹を駆け上って宙に飛んだ。
無明刀が煌めいた。
左近が着地した時、二人の木曾谷忍びの者が倒れた。
残る木曾谷忍びの者たちが、忍び刀を構えて左近に殺到した。
左近は、跳び、走り、退き、縦横に動き廻って無明刀を走らせた。
忍びの者たちは、手足を斬られて戦闘力を奪われ、次々に退いた。
左近は、猛然と青竜に襲い掛かった。
青竜は、忍び鎌《かま》を出し、先が鋭利に尖った分銅《ふんどう》を放った。
分銅は鎖を伸ばし、唸《うな》りをあげて左近に襲い掛かった。
左近は、咄嗟《とっさ》に木立に入って分銅を躱した。
分銅は、木立の幹を打ち抜き抉《えぐ》った。
左近は、無明刀を横薙《よこな》ぎに一閃した。

幹を抉られた木立が両断され、青竜に向かって倒れた。
左近は地を蹴り、倒れる木立に跳んだ。
青竜は跳び退いた。
左近は、青竜に向かって倒れる木立と共に襲い掛かった。
青竜は、必死に忍び鎌の分銅を放った。
分銅は、鎖を引いて左近の顔に飛んだ。
左近は、咄嗟に躱した。
先の尖った分銅は、左近の鬢《びん》の解《ほつ》れ毛を斬り飛ばした。
左近は、そのまま身体を回転させて青竜に迫り、斬り掛かった。
青竜は、忍び鎌を振るった。
左近は、無明刀を閃かせた。
忍び鎌が弾《はじ》き飛ばされた。
青竜は、忍び鎌を棄てて忍び刀を抜いた。
左近は、鋭く斬り掛かった。
青竜は斬り結んだ。
刃が噛み合い、火花が散り、焦《こ》げ臭さが漂った。

青竜は、斬り結んで大きく跳び退いた。

左近は追って跳ばず、その手に握った『尾張探索覚』を翳《かざ》した。

青竜は、気が付いて驚いた。

「尾張探索覚は頂いた……」

左近は、斬り結んでいる間に青竜の懐から『尾張探索覚』を抜き取ったのだ。

「木曾谷の山猿は、江戸の番犬の敵ではないようだ……」

左近は冷笑した。

「おのれ……」

青竜は、怒りに震えた。

「此れ迄かな……」

左近は、青竜を哀れむような笑みを浮かべた。

「だ、黙れ……」

青竜は怒り、苛立った。

「哀れな。無駄な真似を……」

左近は大袈裟に哀れみ、青竜の怒りと焦りを煽《あお》った。

「日暮左近……」

青竜は刀を構えた。
左近は、無明刀を両手で頭上高く構えた。
天衣無縫《てんいむほう》の構えだ。
青竜は、左近の隙《すき》だらけの構えに戸惑った。
左近は、眼を瞑《つむ》った。
「おのれ……」
青竜は、地を蹴って左近に突進した。
左近は、眼を瞑ったまま無明刀を頭上に構え、微動だにしなかった。
青竜は、殺気を漲《みなぎ》らせて左近に迫り、鋭く斬り掛かった。
剣は瞬速……。
無明斬刃《むみょうざんじん》……。
左近は、無明刀を真っ向から斬り下げた。
刃の輝きが瞬いた。
左近と青竜は交錯し、残心《ざんしん》の構えを取った。
静寂が訪れ、僅《わず》かな刻《とき》が過ぎた。
青竜は、額から血を流し、横倒しに斃れた。

左近は、残心の構えを解いて深い息を吐いた。そして、鋒《きつさき》から血の滴る無明刀に拭いを掛けて鞘《さや》に納め、不忍池の畔の雑木林から立ち去った。

木曾谷忍びの者共が現われ、頭の青竜と仲間の死体を素早く片付けた。

雑木林には小鳥の囀りが戻り、木洩れ日が揺れた。

不忍池は、何事もなかったかのように煌めいた。

第二章　木曾谷忍び

一

木曾谷忍びは、青竜たちの死体を不忍池の奥の雑木林にある潰れた料理屋に運び、結界《けっかい》を張った。

やはり、此処《ここ》に運んだか……。

左近は、雑木林の奥の潰れた料理屋に先廻りをして見届けた。

潰れた料理屋は、木曾谷忍びの張った結界の中に沈んでいた。

斃《たお》した青竜の他に、木曾谷忍びにはどのような者がいるのか……。

左近は知りたかった。

せめて、托鉢坊主の竜海坊でも出て来てくれたら……。

左近は、雑木林の木々の梢に忍んで木曾谷忍びが動くのを待った。

木曾谷忍びが結界を張り、左近が忍んで刻が過ぎ、虫の音や小鳥の囀《さえず》りが湧き始めた。

左近は忍び続けた。

潰れた料理屋からは、行商人や遊び人などが出掛け始めた。

行商人や遊び人を装った木曾谷忍び……。

おそらく木曾谷忍びは、犬山藩江戸上屋敷や柳森の嘉平の飲み屋の見張りに行ったのだ。

左近は読んだ。

犬山藩江戸上屋敷は黒木平蔵、柳森稲荷の葦簀掛けの飲み屋は嘉平……。

二人の老練な忍びは、それぞれの護りに就いている筈だ。それとも嘉平は、葦簀掛けの飲み屋を棄て、秘かに老友の黒木平蔵を助けて犬山藩江戸上屋敷の護りに就いているのかもしれない。

その方が嘉平らしい……。

左近は苦笑した。

潰れた料理屋に張られた木曾谷忍びの結界は、次第に緩《ゆる》くなっていった。

木曾谷忍びは、青竜を斃された衝撃と狼狽《ろうばい》から立ち直り始めたのだ。

間もなく……。

左近は、木の梢に忍んで結界に隙が出来るのを待った。

日が暮れた。

不忍池には月影が揺れ、雑木林に梟《ふくろう》の鳴き声が響いた。

潰れた料理屋の結界は緩んだ。

よし……。

左近は、木の梢から大きく跳んだ。

左近は、潰れた料理屋の板塀を跳び越えて草木の生い茂る庭に着地した。

潰れた料理屋の闇は揺れず、殺気が湧く事もなかった。

左近は、庭の茂みに忍んで見定め、潰れた料理屋の雨戸の閉められた座敷の連《つら》なりに駆け寄った。そして、雨戸に身を寄せて、中の座敷の連なりの様子を窺った。

座敷の連なりには、人の気配も殺気も窺えなかった。

左近は、隅《すみ》の雨戸を開けようとした。だが、雨戸には猿《さる》が掛けられていた。
左近は、問外《といかき》を出して雨戸の猿を外し、僅かに開けた。
屋内の冷ややかな気配と黴臭《かびくさ》さが漂った。

左近は、暗い縁側に忍び込んだ。
暗い縁側の内側には障子があり、座敷があった。
左近は、座敷に人の気配を探した。
人の気配や殺気はない……。
左近は、座敷を通り抜けて戸口に進んだ。

暗い廊下は長く続いていた。
左近は忍び、暗くて長い廊下を透《す》かし見た。
刹那《せつな》、暗くて長い廊下の突き当たりの闇に小さな煌めきが浮かんだ。
左近は、天井に跳んだ。
弩《ど》の矢が鏃《やじり》を煌めかせて、左近が忍んでいた場所を貫いて飛び抜けた。
左近は、天井から跳び下り、暗く長い廊下を突き当たりの闇に向かって走った。

突き当たりの闇から再び弩の矢が放たれた。

左近は、咄嗟に傍らの襖《ふすま》を蹴破って座敷に転がり込んだ。

座敷に転がり込んだ左近は、噴き上がる殺気に包まれた。

天井や庭に面した障子から木曾谷忍びの者が現われ、左近に襲い掛かった。

左近は、無明刀を抜いて縦横に閃かせた。

忍びの者は手足の筋を斬られ、暗がりに退いて消えた。

多くの敵と闘う時は、疲れを少しでも減らす為、手足の筋を切って戦闘力を奪うのが上策《じょうさく》だ。

次の瞬間、左近は素早く畳を上げた。

同時に、隣室の襖を破って多くの十字手裏剣が飛来した。

左近は、上げた畳を盾《たて》にして隠れた。

多くの十字手裏剣が、盾にした畳に音を鳴らして突き刺さった。

左近は、盾にした畳の陰に潜み続けた。

木曾谷忍びの攻撃は途絶え、殺気に満ちた静寂が訪れた。

動けば十字手裏剣が飛来する。

左近は、盾にした畳の陰に潜むしかなかった。

「お前が日暮左近か……」

暗闇から嗄《しやが》れ声がした。

漸《よう》やく現われた……。

左近は、腹の内で笑みを浮かべた。

「木曾谷忍びか……」

「日暮左近、犬山藩に味方しても勝ち目はない。早々に手を引くが良い……」

「そいつは、お前たちの願い、頼みか……」

左近は嘲笑した。

「忠告だ……」

嗄れ声は苦笑した。

「ならば、その忠告、そのまま木曾谷に返そう……」

左近は、蔑《さげす》みと侮りを浮かべた。

「日暮左近、此の木曾谷の黒竜《こくりゆう》を怒らすな」

嗄れ声に苛立ちが滲んだ。

「青竜の次は黒竜か……」

左近は、嗄れ声の主が木曾谷忍びの黒竜だと知り、嘲《あざけ》りを浮かべた。

「黙れ……」

「で、黒の次は赤か白。それとも……」

「黙れと申すに……」

黒竜は、言葉荒く遮った。

「何《いず》れにしろ、お館の幻竜斎は、未だ木曾谷の奥に隠れたままか……」

左近は、挑発を続けた。

「おのれ……」

闇を揺らし、黒い竜の絵柄を彫った鉢鉄《はちがね》をした忍びの者が現われた。

「木曾谷の黒竜か……」

左近は見定めた。

「死ね。日暮左近……」

黒竜は、手鉾《てぼこ》を構えて左近に猛然と迫った。

左近は、幾つもの十字手裏剣を受けた畳の陰に隠れた。

黒竜は、手鉾を唸らせた。

幾つもの十字手裏剣が刺さった畳は、手鉾に両断されて倒れた。

両断された畳の陰に左近はいなかった。

黒竜は戸惑った。

畳の上げられた床板が破られ、縁の下が見えていた。

左近は、黒竜との遣り取りの間に無明刀で床板を斬り、蹴り破って逃げ去っていた。

「おのれ、日暮左近……」

木曾谷忍びの者たちは、障子と雨戸を破って追い掛けようとした。

「待て……」

黒竜は制した。

「既に消えただろう……」

黒竜は、悔《くや》し気《げ》に告げた。

「黒竜さま……」

忍び姿の竜海坊が、黒竜の前に進み出た。

「何だ、竜海坊……」

「日暮左近の事、中屋敷の赤竜《せきりゅう》さまにお報せしなければ……」

「竜海坊、それには及ばぬ……」

「黒竜さま……」

竜海坊は戸惑った。

「赤竜の腕、篤《とく》と見せてもらおう……」

黒竜は、冷ややかに笑った。

梟《ふくろう》の鳴き声が響いた。


潰れた料理屋から脱出した左近は、夜の町を麴町十丁目四谷御門内の犬山藩江戸上屋敷に向かった。

木曾谷忍びは、おそらく麴町通りを挟んだ南側にある名古屋藩江戸中屋敷から犬山藩江戸上屋敷を見張り、自在に攻撃をするのだ。

そうはさせない……。

左近は、連なる家並の屋根を跳び、闇を巻いて走った。

外濠の水面に落葉が落ち、月影は揺れた。

左近は、四谷御門内の旗本屋敷の屋根に潜み、麴町通りを挟んだ斜向かいの名古屋藩江戸中屋敷を窺った。

名古屋藩江戸中屋敷は寝静まり、取り囲む土塀沿いに忍びの結界が張られていた。

木曾谷忍びの結界……。

左近は読み、犬山藩江戸上屋敷を眺めた。

犬山藩江戸上屋敷は、要所に見張りの番士たちを立て、見張りが巡回していた。

小藩らしい貧弱な警戒だ。

左近は苦笑した。

左近の潜む旗本屋敷の隅の闇が揺れた。

「嘉平の父っつあんか……」

左近は囁いた。

「ああ……」

忍び装束《しょうぞく》の嘉平が闇から現われた。

「犬山藩の警戒、木曾谷忍びの攻撃には一溜《ひとたま》りもないな……」

嘉平は眉をひそめた。

「ああ。黒木平蔵さん一人じゃあ太刀《たち》打ち出来ぬ。どうする……」

「はぐれ忍びを雇い、秘かに警戒させるしかあるまい」

嘉平は告げた。

「となると、木曾谷忍びと江戸のはぐれ忍びの力の限りを尽くした殺し合いになる」

左近は読んだ。

「それだけは避けたかったのだが、仕方があるまい……」

嘉平は、溜息《ためいき》を吐《つ》いた。

「ならば、秩父《ちちぶ》に使いを走らせろ」

左近は告げた。

「秩父忍びか……」

「ああ……」

左近は頷いた。

「だが、如何《いか》に小平太《こへいた》たちが腕利きの忍びになっているとしても……」

「心配無用だ」

左近は、不敵な笑みを浮かべた。

左近は、犬山藩江戸上屋敷の表御殿の屋根に忍び、名古屋藩江戸中屋敷を見張って朝を迎えた。

名古屋藩江戸中屋敷に張られた木曾谷忍びの結界は厳しくはならず、不忍池近くにいる黒竜の配下の者が日暮左近の事を報せに来た様子もなかった。

名古屋藩江戸中屋敷にいる木曾谷忍びの頭が何者かは知らぬが、不忍池近くにいる頭の黒竜と競争相手であり、仲は良くないのかもしれない。

左近は読んだ。

名古屋藩江戸中屋敷にいる木曾谷忍びの頭は誰なのか……。

左近は、静寂に覆われた名古屋藩江戸中屋敷を窺った。

木曾谷忍びの動きは感じられない……。

左近は、名古屋藩江戸中屋敷の前の人の行き交う麴町通りを眺めた。

托鉢坊主が、外濠に架かっている四谷御門を渡って来た。

あの足取りと身の熟《こな》し……。

左近は見覚えがあった。

よし……。

左近は、犬山藩江戸上屋敷の屋根から下りた。

頭の黒竜は報せなかった……。

赤竜との仲がどうであれ、日暮左近が青竜を斃《たお》し、潰れた料理屋に踏み込んだ事を報せなければ、木曾谷忍びの者は無駄に命を棄てる破目になる。

真っ先に死ぬのは我ら下忍《げにん》なのだ……。

竜海坊は立ち止まり、饅頭笠《まんじゅうがさ》を僅かに上げて名古屋藩江戸中屋敷を眺めた。

赤竜に報せれば、何《いず》れは黒竜の知るところとなる。そして、竜海坊は黒竜組の決まりを破ったとなり、粛清《しゅくせい》されるのだ。

さあて、どうする……。

竜海坊は迷った。

塗笠を目深に被った武士が、犬山藩江戸上屋敷前の成瀬横丁から現われ、竜海坊と擦れ違った。

武士は、塗笠を僅かに上げて竜海坊に笑い掛けた。

日暮左近……。

竜海坊は、思わず振り返った。

左近は、四谷御門の石垣の横手に廻って行った。

竜海坊は、戸惑いながらも左近に続いた。

外濠には魚が跳ねたのか波紋が広がった。

左近は、四谷御門横の堀端に佇んだ。

竜海坊が、警戒する足取りで追って来た。

「昨夜は無事だったようだな……」

左近は笑い掛けた。

「ああ。どうにかな……」

竜海坊は苦笑した。

「そいつは良かった。して、昨夜の事を中屋敷にいる木曾谷忍びに報せに来たのか……」

左近は読んだ。

「いや……」

竜海坊は、首を横に振った。

「やはり、報せていないのか」

左近は頷いた。

「ああ。何故、気が付いた……」

竜海坊は戸惑った。

「報せがあったのなら木曾谷忍びの結界、もっと厳しくなっても良い。そう思ってな」

左近は苦笑した。

「そうか……」

竜海坊は、憮然《ぶぜん》とした面持ちで頷いた。

「だが何故、黒竜は名古屋藩江戸中屋敷の頭に報せないのだ」

「そ、それは……」

竜海坊は口籠《くちご》った。

「報せぬと、江戸中屋敷にいる木曾谷忍びの頭、黙ってはいないだろう」

左近は眉をひそめた。

「木曾谷の黒竜、中屋敷の木曾谷忍びの頭の赤竜とは仲が悪く、何かと競い合っているのだ……」

「頭の赤竜か……」

「ああ……」

「で、黒竜は昨夜の事を赤竜に報せていないのか……」

「馬鹿な話だ……」

竜海坊は、悔し気に吐き棄てた。

「うむ……」

木曾谷忍びの頭の黒竜と赤竜は、仲間でありながら仲が悪いのだ。

何れは使える情報だ……。

左近は苦笑した。

「して竜海坊、お前はどうするのだ」

「親しい下忍仲間には、青竜を斃し、潰れた料理屋を荒らした日暮左近には、下手に仕掛けるなと伝えるだけだ……」

竜海坊は、自嘲の笑みを浮かべた。

「うむ。そいつが良いな……」

左近は笑った。

外濠の水面は煌めいた。

左近は、竜海坊と別れて犬山藩江戸上屋敷に戻った。

犬山藩江戸上屋敷では、黒木平蔵と目付頭の津坂兵部が緊張した面持ちで待っていた。

「どうしました……」

左近は尋ねた。

「名古屋藩の殿さま斉温《なりはる》さまが我が殿正寿《まさなが》さまに、国許《くにもと》尾張の名古屋城の隅櫓《すみやぐら》の石垣の修理をお命じになられた……」

津坂兵部は眉をひそめた。

「名古屋城の石垣の修理……」

「左様。何カ所にも及ぶ石垣修理には大金が掛かる。斉温さまは犬山藩に金を使わせようとしているのだ」

黒木平蔵は、腹立たし気に読んだ。

「成る程。犬山藩の金蔵《かねぐら》を空にして、秘かに武器を買い集める邪魔をする気か……」

左近は読んだ。

「うむ。此のままでは我が犬山藩は追い詰められて破綻《はたん》し、名古屋藩の云いなりになるしかない……」

津坂兵部は、悔し気に声を震わせた。

「ならば、為《な》されるままでいるより、此方《こちら》から仕掛けてやりますか……」

左近は笑った。

二

夜。

尾張名古屋藩江戸中屋敷の結界は、相変わらず緩かった。

左近は、名古屋藩江戸中屋敷の周囲を歩き、検めた。

表門のある南には紀尾井《きおい》坂があり、横手の東と西には清水谷《しみずたに》と外濠。そして、搦手《からめて》である北側には麴町通りがあり、犬山藩江戸上屋敷があった。

木曾谷忍びの結界は、犬山藩江戸上屋敷に向かい合う搦手に厳しく張られていた。

さあて、何処の結界を破って赤竜たち木曾谷忍びを翻弄《ほんろう》するか……。

名古屋藩江戸中屋敷の西側の土塀は、四谷御門から喰違《くいちがい》まで長く続いて結界も緩く、夜になると通る者は殆《ほとん》どいなくなる。

よし……。

忍び装束に身を固めた左近は、西側の土塀の下に潜み、眼の前の外濠に拳大の石を投げ込んだ。

鈍い音が鳴り、水飛沫《みずしぶき》が煌めいた。

木曾谷忍びの者が、土塀の屋根から身を乗り出して見定めようとした。

刹那、左近は土塀の下から身を乗り出した木曾谷忍びの胸元を摑《つか》み、一気に引き摺り下ろして脾腹《ひばら》に拳を叩き込んだ。

木曾谷忍びの者は気を失った。

左近は、素早く土塀の上にあがり、見張りに就いた。

「どうした……」

二十間《けん》(約三六メートル)ほど離れた処に忍んでいる木曾谷忍びの囁きが聞こえた。

「うむ。誰かが外濠に石を投げ込んだようだが、何事もないようだな」

左近は、土塀から身を乗り出して告げた。

「そうか……」

男の声は消え、辺りは闇と静寂に沈んだ。

左近は、土塀の陰に戻って周囲を窺った。

長い土塀には、二十間の間隔で木曾谷忍びが潜み、結界を張っていた。
「ちょいと用を足して来る。頼む……」
左近は、隣の忍びの者に囁き、持ち場を離れた。
名古屋藩江戸中屋敷は、広大な敷地にあった。
左近は、北側搦手に走った。
忍びの結界は、外からの敵に対しての備えであり、内からの敵に備えてはいない。
よし……。
左近は、表御殿の屋根に跳んだ。
表御殿の屋根に人影はなく、破風《はふ》などの作る暗がりがあった。
左近は、表御殿の屋根に着地し、辺りの暗がりを窺った。
破風の陰の暗がりが揺れ、忍びの者の姿が浮かんだ。
刹那、左近は棒手裏剣を放った。
破風の陰から現われた忍びの者は、棒手裏剣を受けて倒れた。
左近は、表御殿の屋根を走り、奥御殿の屋根に跳んだ。

二人の忍びの者が、奥御殿の屋根に現われた。

左近は、二人の忍びの者の傍に着地し、無明刀を閃かせた。

二人の忍びの者は、声を上げる暇もなく血を飛ばして倒れた。

左近は走り、奥御殿の屋根の端を蹴り、西にある奥庭に大きく跳んだ。

奥庭に木曾谷忍びはいなかった。

左近は、奥庭を通り抜けて北の搦手の土塀に走った。

搦手の土塀の傍には、多くの木曾谷忍びの者がおり、犬山藩江戸上屋敷に向かって厳重な結界を張っていた。

左近は駆け寄った。

「奥御殿の屋根の見張りが倒された……」

左近は報せた。

「何。続け……」

木曾谷忍びの小頭は、数人の配下を従えて奥御殿に走った。

残った木曾谷忍びは、搦手の土塀の持ち場に張り付き、麴町通りの向こうに見える犬山藩江戸上屋敷を看視した。
「お前……」
木曾谷忍びの一人が、左近に気が付いた。
次の瞬間、左近は気が付いた木曾谷忍びに棒手裏剣を叩き込んだ。
木曾谷忍びは、仰け反り倒れた。
近くにいた木曾谷忍びたちが、殺気を噴き上げて左近に殺到した。
此れ迄だ……。
左近は、無明刀を抜いて縦横に閃かせた。
木曾谷忍びたちは、手足の筋を斬られて戦闘能力を奪われ、次々に退いた。
指笛が短く鳴った。
木曾谷忍びたちは、飛び退いて左近を遠巻きに囲んだ。
赤い竜の絵柄の鉢金《はちがね》をした忍びの者が、包囲した木曾谷忍びの奥から進み出た。
赤竜だ……。
左近は気が付いた。
「何処の忍びだ……」
赤竜は、左近を鋭く見据えた。

「黒竜から訊いていないのか……」

左近は苦笑した。

「黒竜から……」

赤竜は戸惑った。

「ああ。青竜を斃され、不忍池の畔の忍び宿を蹂躙《じゅうりん》された事は知らぬか……」

左近は、侮りを浮かべた。

「何だと……」

赤竜は、焦りと苛立ちを浮かべた。

「木曾谷忍び、仲間内の風通し、余り良くないようだな」

左近は嘲笑した。

「黙れ……」

赤竜は、左近に苦無を投げた。

左近は躱《かわ》し、土塀の上に跳び上がって西に走った。

「追え……」

木曾谷忍びは、左近を追った。

左近は、行く手の土塀の上に現われる木曾谷忍びを蹴散らして西に走った。そして、土塀の上を蹴って大きく舞い上がり、外濠に飛び込んだ。

外濠に水飛沫《しぶき》が上がり、月明かりに煌めいた。

木曾谷忍びの者たちは、左近の飛び込んだ外濠の水面に十字手裏剣を放った。

十字手裏剣は、左近の飛び込んだ水面に次々に打ち込まれた。だが、水面に左近は浮かばず、赤い血も広がらなかった。

逃げられた……。

赤竜は、怒りを滲ませながら指笛を鳴らした。

木曾谷忍びの者たちは、名古屋藩江戸中屋敷の搦手の土塀の内に集まった。

「おのれ……」

赤竜は吐き棄てた。

「犬山藩に雇われた忍びですかね」

配下の忍びは読んだ。

「違う。黒竜だ……」

赤竜は、得体の知れぬ忍びの者と黒竜に対して怒りを滲ませていた。

「黒竜のお頭……」

「ああ。誰か不忍池に走り、秘かに黒竜組の者を連れて来い」

赤竜は、赤竜組の配下の忍びに命じた。

「心得ました……」

配下の忍びは、駆け去った。

「よし。破られた結界を急ぎ張り直せ」

赤竜は命じた。

木曾谷忍びは散った。

「おのれ、黒竜……」

赤竜は、怒りに震えた。


犬山藩江戸上屋敷は、深い眠りに落ち込んでいた。

左近は、犬山藩江戸上屋敷の屋根に戻った。

「おう……」

屋根の上には、忍び装束の黒木平蔵がいた。

「見物させてもらったよ」

平蔵は笑った。

「そうか。さあて赤竜、どうでるか……」

左近は苦笑した。

「うむ。何れにしろ、二人だけでは手が足らぬ。どうしたものか……」

平蔵は心配した。

「心配には及ばない……」

左近は笑った。

「既に手を打ってあるのか……」

「うむ。若い腕利きが来る……」

「そうか……」

平蔵は、笑みを浮かべて頷いた。

「後は俺が引き受けた。平蔵さんは休んでくれ」

左近は告げた。

「うむ。左近どの。明日、津坂兵部が御禁制の南蛮《なんばん》渡りの連発銃を手に入れる……」

「津坂さんが南蛮渡りの連発銃を……」

左近は眉をひそめた。

「うむ。そいつを木曾谷忍びの奴らが気が付いているかどうか……」

平蔵は、厳しさを過《よ》ぎらせた。

「平蔵さんも行くのか……」

「ああ。用心棒でな……」

「ならば、俺もお供しよう」

左近は、笑みを浮かべて頷いた。


刻が過ぎ、夜明けが近付いた。

左近は、犬山藩江戸上屋敷の屋根から名古屋藩江戸中屋敷の見張りを続けた。

名古屋藩江戸中屋敷の結界は、厳重に張り直されていた。

赤竜は、青竜が斃された事や潰れた料理屋に踏み込まれたのを報せなかった黒竜を今迄以上に憎み、只では済ませぬ筈だ。

左近は読んだ。

ならば、嚙み合わせる迄だ……。

左近は、その手立てを楽し気に考えた。

夜明けの薄い闇が揺れた。

忍び姿の嘉平が、秩父忍びの小平太、烏坊《からすぼう》、猿若《さるわか》を伴って現われた。

「左近……」

「うむ。来てくれたか……」

左近は、小平太、烏坊、猿若を迎えた。

「犬山藩の為、名古屋藩や木曾谷忍びと闘う事は嘉平さんから聞きました」

小平太は告げた。

「そうか。宜《よろ》しく頼む……」

「はい……」

小平太は頷いた。

「左近さま、此の猿若も腕を上げました。頼りにして下さい」

猿若は、張り切っていた。

「うむ……」

左近は苦笑した。

「左近さま、陽炎《かげろう》さまがくれぐれも宜しくと……」

烏坊は、落ち着いた様子で報せた。

「烏坊、陽炎に変わりはないか……」

「はい……」

烏坊は、左近を見詰めて頷いた。

「木曾谷忍びの結界、なかなか厳重なものですね」

小平太は、向かい側の名古屋藩江戸中屋敷を眺めた。

「うむ。昨夜、左近に結界を破られ、張り直したようだな」

嘉平は眺めた。

「結界は上から攻めれば、どうって事はありませんよ」

猿若は、自信満々に告げた。

「結界は、要《かなめ》の一カ所を潰せば自《おの》ずと破れるもの……」

烏坊は苦笑した。

「そうか……」

左近は、小平太、猿若、烏坊が良い若者に育ったのを知った。

「それで左近さま、我らは何を……」

小平太は、左近に向かい合った。

「うむ。先ずは素性を隠し、此の犬山藩江戸上屋敷を木曾谷忍びの攻撃から護ってもらいたい」

左近は告げた。

「護るだけですか……」

猿若は、不満そうに口を尖らした。

「先ずはだ……」

左近は苦笑した。

「猿若、何をするにも、先ずは木曾谷忍びがどの程度のものか見極めてからだ」

烏坊は、猿若を窘《たしな》めた。

「そうか。そうだな……」

猿若は、素直に頷いた。

「よし。ならば左近さま、手配りを……」

小平太は、左近の指示を仰いだ。

「そいつは小平太、お前の役目だ」

左近は笑った。

「そうですか、ならば……」

「小平太、その前に儂《わし》の古い友の黒木平蔵と犬山藩目付頭の津坂兵部に逢ってくれ」

嘉平は頼んだ。

「うむ。そいつが良かろう……」

左近は頷いた。

夜が明け、外濠の水面は昇る朝日に煌めいた。


托鉢坊主の竜海坊は、木曾谷忍びの頭赤竜の配下に呼び止められ、名古屋藩江戸中屋敷の重臣屋敷に伴われた。

「黒竜配下の竜海坊か……」

赤竜は、竜海坊を見下ろした。

「左様にございます」

竜海坊は平伏した。

「竜海坊。過日、青竜が斃され、不忍池の忍び宿が荒らされたと聞いたが、それに間違いはないのか……」

「はい。間違いありません」

「して、青竜を斃し、不忍池の忍び宿を荒らした忍び、何処の誰だ……」

赤竜は尋ねた。

「日暮左近なる者です」

竜海坊は告げた。

「日暮左近。何者だ……」

「詳しくは知りませんが、江戸のはぐれ忍びに与《くみ》する者と思われます。日暮左近が何か……」

「昨夜、結界が破られ、荒らされた」

赤竜は、腹立たし気に告げた。

「日暮左近にですか……」

「ああ。して竜海坊、青竜が殺された事など、何故に我らに報せなかった」

赤竜は、竜海坊を見据えた。

「そ、それは……」

竜海坊は躊躇《ためら》った。

「黒竜に報せるなと命じられたのか……」

「はい……」

竜海坊は頷いた。

「おのれ、黒竜……」

赤竜は、怒りを滲ませた。

「赤竜さま……」

「して竜海坊。黒竜は今、何をしている」

「昼に集まれと云われています。おそらく何処かに行く筈ですが、何処に行くかは……」

竜海坊は首を捻った。

「聞いてはいないか……」

「はい……」

竜海坊は頷いた。

「そうか。よし、俺の足を引っ張ろうとする黒竜、思い知らせてくれる」

赤竜は、暗い眼を妖《あや》しく光らせた。


昼が過ぎた。

秩父忍びの小平太は、犬山藩江戸上屋敷の大屋根に忍び、名古屋藩江戸中屋敷の搦手の結界の動きを見張っていた。

猿若は屋敷の正面の表門、烏坊は搦手の裏門の護りに就いていた。

目付頭の津坂兵部が、二人の配下を従えて犬山藩江戸上屋敷から出て来た。

小平太は見守った。

津坂兵部は、二人の配下を従えて麴町通りを外濠に架かる四谷御門に向かった。

名古屋藩江戸中屋敷の清水谷から十人の托鉢坊主が出て来て、津坂兵部と二人の配下を追った。

「猿若……」

小平太は、猿若を促した。

「心得た……」

猿若は、犬山藩江戸上屋敷の屋根から西に並ぶ旗本屋敷に身軽に跳んで追った。

津坂兵部は、二人の配下を従えて四谷御門を渡り、外濠沿いを赤坂《あかさか》御門に向かった。

十人の托鉢坊主は、津坂兵部と二人の配下を追った。

猿若は続いた。

津坂兵部と二人の配下は、赤坂御門脇を抜けて溜池《ためいけ》沿いを虎之《との》御門に進んだ。

十人の托鉢坊主が二列に並んで追い、猿若が続いた。

唐物屋《からもの》『海宝堂《かいほうどう》』は、三十間堀《さんじつけんぼり》に架かる木挽《こびき》橋の袂、木挽町五丁目にある。

左近と黒木平蔵は、唐物屋『海宝堂』の周囲を見廻した。

「どうだ……」

「うむ。忍びが潜んでいる。おそらく木曾谷忍びの黒竜の手の者だろう」

左近は読んだ。

「物を横取りする魂胆《こんたん》かな……」

「おそらくな。だが、そうはさせぬ……」

左近は、冷徹な笑みを浮かべて云い放った。

三

左近と黒木平蔵は、三十間堀に架かっている木挽橋の袂から掘割越しに唐物屋『海宝堂』を見張っていた。

唐物屋『海宝堂』の周囲には、様々な形《なり》をした木曾谷忍びの者たちが潜んでいた。

木曾谷忍びの者の中には、托鉢坊主の竜海坊もいた。

左近は気が付いた。

「木曾谷忍びは黒竜という頭の配下だ……」

左近は苦笑した。

「何処で聞いて来たのかな……」

黒木平蔵は首を捻った。

「うむ。それより黒木さん、ちょいと猪牙《ちょき》を調達してくる」

「猪牙を……」

「うむ。掘割と海だ……」

左近は、三十間堀の流れを眩《まぶ》しく眺めた。

「成る程。だったら私が行く。左近どのは此処を頼む……」

「そうか。ならば……」

「うむ……」

黒木平蔵は、近くの船宿に急いだ。

左近は、唐物屋『海宝堂』を見張り続けた。

犬山藩目付頭の津坂兵部が、二人の配下を従えて木挽橋に向かって来た。

津坂兵部だ……。

左近は見守った。

托鉢坊主の竜海坊たち木曾谷忍びは、緊張した。

津坂兵部と二人の配下は、木挽橋を渡って唐物屋『海宝堂』に入って行った。

十人の托鉢坊主が二列に並んで現われ、木挽橋の手前で止まった。

赤竜の配下か……。

左近は眉をひそめた。

「左近さま……」

猿若が現われた。

「坊主たちを追って来たか……」

「はい。清水谷から現われ、津坂の兵部さんたちを追って……」

「赤竜の配下か……」

左近は睨み、嘲りを浮かべた。

黒木平蔵が、木挽橋の下の船着場から上がって来た。

「左近どの、猪牙を借りて来たぞ」

「ご苦労でした。津坂さんが来ましたよ」

「そうか……」

「中屋敷の木曾谷忍びを引き連れて……」

「左近さま……」

猿若が、唐物屋『海宝堂』を示した。

二人の浪人が現われ、木挽橋の下の船着場に駆け下りて行った。

羽織を着た肥《ふと》った初老の旦那が、津坂兵部と一緒に唐物屋『海宝堂』から現われた。

「肥った年寄りが、海宝堂主の久兵衛《きゅうべえ》だ」

黒木平蔵は、左近に報せた。

「うむ……」

久兵衛は、津坂兵部と二人の配下を誘《いざな》って木挽橋の船着場に下りた。

やはり船だ……。

「猿若、黒木さん、猪牙に乗っていろ」

左近は命じた。

「承知……」

黒木平蔵と猿若は、木挽橋の船着場に駆け下りて舫《もや》ってあった猪牙舟《ちょきぶね》に乗り、向かい側の船着場を出ようとしている荷船を追うべく舳先《へさき》を廻した。

見張っていた黒竜配下の木曾谷忍びは、荷船に乗った津坂兵部と久兵衛に戸惑い、狼狽《うろた》えた。

左近は、木曾谷忍びの赤竜配下の托鉢坊主たちに十字手裏剣を放った。

赤竜配下の忍びの者が二人、左近の十字手裏剣を胸に受けて倒れた。

赤竜配下の托鉢坊主たちは狼狽えた。

左近は、続いて物陰に潜んでいた黒竜配下の木曾谷忍びに十字手裏剣を投げた。

黒竜配下の木曾谷忍びは、十字手裏剣を首に受けて倒れた。

木曾谷忍びの赤竜組と黒竜組の忍びは、十字手裏剣で倒された仲間に驚き、混乱した。

荷船は、三十間堀を南、汐留《しおどめ》川に向かった。

猿若は、黒木平蔵を乗せた猪牙舟を漕ぎ、荷船を追った。

軽い音が鳴り、猪牙舟が僅かに揺れた。

左近が跳び乗っていた。

「左近さま……」

猿若が、櫓《ろ》を漕ぎながら頷いた。

「うむ。木曾谷忍びは混乱し、追ってはこれまい……」

左近は笑った。

荷船は汐留川を東に曲がり、江戸湊《みなと》に向かった。

「平蔵さん、物は南蛮渡りの連発銃だな」

左近は尋ねた。

「ああ……」

「海の沖で試し撃ちをするつもりか……」

沖での試し撃ちなら銃声を聞かれる事はない……。

左近は、豊前《ぶぜん》国中津《なかつ》藩江戸上屋敷傍から浜御殿《はまごてん》脇を江戸湊に進んでいく荷船を見詰めた。

江戸湊の沖には千石船《せんごくぶね》が行き交い、波の彼方に江戸の町が僅かに見えた。

荷船は停まった。

「猿若、荷船に舫え……」

「承知……」

猿若は、猪牙舟を荷船に素早く繋《つな》いだ。

左近、黒木平蔵、猿若は、荷船に飛び乗った。

「おお。平蔵、左近どの、猿若どの……」

津坂兵部が笑顔で迎えた。

「兵部、南蛮渡りの連発銃は……」

黒木平蔵は尋ねた。

「なかなかの物だ。今、試し撃ちの仕度《したく》をしている……」

津坂兵部は、満足そうに頷いた。

「津坂さま……」

唐物屋『海宝堂』久兵衛がやって来た。

「久兵衛どの、此方《こちら》は私を助けてくれている方々だ」

「そうでございますか、海宝堂久兵衛にございます。只今から連発銃の試し撃ちを……」

久兵衛は告げた。

「そうか……」

津坂兵部、黒木平蔵、左近、猿若は、久兵衛に誘われて荷船の舳先に向かった。

荷船の舳先では、津坂兵部の二人の配下が浪人たちに銃の扱い方を習っていた。

人足が空き樽を海に投げ込んだ。

「よし。仕度が出来たなら空き樽を撃て」

津坂兵部は命じた。

「はい……」

二人の配下は、連発銃を構え、空き樽に狙いを定めて引鉄《ひきがね》を引いた。

銃声が海原《うなばら》に響き、弾は空き樽に当たらなかった。

二人の配下は、連発銃の引鉄を引き続けた。

銃声が連続して響き渡り、空き樽に当たって粉砕した。

左近は、厳しい面持ちで見守った。

連続して鳴り響いた銃声が終わり、海の上に静寂が広がった。

津坂兵部、黒木半蔵、猿若は、連発銃の威力に眼を瞠《みは》った。

「凄い威力だな……」

「ああ……」

津坂兵部と黒木半蔵は感心した。

「如何《いかが》でございますか……」

久兵衛は、津坂兵部に笑い掛けた。

「うむ。久兵衛、此の連発銃、何挺《ちよう》あるのだ」

津坂兵部は、久兵衛に尋ねた。

「一箱四挺入りで五箱。しめて二十挺。追加の注文も結構にございますよ」

久兵衛は笑った。

「よし。久兵衛、取り敢《あ》えずの二十挺、買い取ろう。弾丸もだ」

「心得ました。ありがとうございます」

久兵衛は、福々しい顔に笑みを浮かべた。

「ならば津坂さん、黒木さん、荷物は猪牙に積み替えて、久兵衛の旦那とは此処で別れた方が良いだろう」

左近は告げた。

「成る程、左近どのの云う通りだ。久兵衛はどうだ」

「結構ですな」

唐物屋『海宝堂』久兵衛は、肉の溢れた頬を揺らして笑った。

流石《さすが》は海千山千の商人だ……。

左近は苦笑した。

左近、猿若、津坂兵部の二人の配下は、連発銃の入った五個の木箱と弾丸の入った箱を猪牙舟に移した。そして、黒木平蔵と津坂兵部の配下を乗せて荷船と別れ、八丁堀に向かった。

八丁堀を進んだ猪牙舟は、外濠に架かる鍛冶橋《かじばし》御門前に出て数寄屋橋《すきやばし》御門に進んだ。そして、数寄屋橋御門を通り、幸橋《さいわいばし》御門を曲がって溜池に向かった。

猪牙舟は、溜池の手前にある小さな古寺の前の岸辺に船縁を寄せた。

「此の古寺か……」

左近は、小さな古寺を眺めた。

小さな古寺の山門には、『法萬寺《ほうまんじ》』と消え掛かった文字の古い扁額《へんがく》が掲げられていた。

「うむ。住職の京仙《きょうせん》は伊賀《いが》の抜け忍でな。江戸のはぐれ忍びだ」

黒木平蔵は、小さな笑みを浮かべた。

「で、荷を暫《しばら》く此処に隠すのか……」

「うむ。犬山藩江戸上屋敷に運び込めば、木曾谷忍びに気が付かれる。暫くの間だ」

黒木平蔵は笑った。

「そうか。ならば、俺と猿若は木曾谷忍びの様子を探って、犬山藩江戸上屋敷に戻る」

左近は告げた。

左近は、猿若を伴って柳森稲荷の葦簀掛けの飲み屋に向かった。

柳森稲荷に参拝客は少なかった。

葦簀掛けの飲み屋の外の縁台では、仕事に溢《あぶ》れた日雇い人足と博奕打ちが湯呑茶碗の酒を飲んでいた。

猿若は鳥居前の空き地を眺めた。

「左近さま、鳥居の陰に妙な奴がいますね」

猿若は、鳥居の陰に佇む着流しの浪人を示した。

「うむ。木曾谷忍びだ。で、縁台にいる客は江戸のはぐれ忍びだ」

嘉平も木曾谷忍びを警戒し始めていた。

左近は読んだ。

「そうですか……」

猿若は、鳥居の陰の着流しの浪人を眺めた。

「よし。俺は嘉平の父っつあんに逢い、木曾谷忍びの動きを訊いて来る」

「じゃあ、俺はあの木曾谷忍びを見張ります」

猿若は頷いた。

「うむ、じゃあな……」

左近は、猿若を残して空き地奥の葦簀掛け飲み屋に向かった。

猿若は見送り、鳥居の陰にいる浪人の見張りに就いた。


左近は、葦簀掛けの飲み屋に向かった。

縁台に腰掛けている人足と博奕打ちが、酒を飲みながら近付く左近を一瞥《いちべつ》した。

左近は、土蜘蛛の彫られた小さな銅板を見せた。

人足と博奕打ちは頷き、左近を通した。

「邪魔をする……」

左近は、葦簀を潜った。

「おう、来たか……」

「うむ。木曾谷忍びの見張りが付いたな」

左近は苦笑した。

「ああ。今朝からな。何か仕掛けたのか……」

嘉平は訊いた。

「仕掛けた……」

左近は訊き返した。

「うむ。木曾谷忍びが仲間内で揉めたと聞いてな……」

嘉平は笑った。

「ちょいとからかった迄だ……」

「やはり、お前さんの仕業か……」

「ああ。して、仲間内で揉めたか……」

「うむ。一番揉めたのは、頭同士だそうでな。只では済まぬだろうって噂だ」

「木曾谷忍びの頭の黒竜と赤竜か……」

左近は苦笑した。

「黒竜と赤竜……」

嘉平は眉をひそめた。

「ああ。お陰で黒木さんと津坂さんの仕事は、楽に終わった」

左近は苦笑した。

「そうか。そいつは良かった。で、どうする」

嘉平は笑った。

「俺が嚙み合わせる」

左近は不敵に笑った。


左近は、葦簀掛けの飲み屋を出た。

浪人は、柳森稲荷の鳥居の陰に佇んで左近を窺っていた。

左近は苦笑し、鳥居の陰にいる浪人の許に向かった。

浪人は狼狽《うろた》えた。

左近は、構わず迫った。

刹那、浪人は慌てて踵《きびす》を返し、柳原通りに進んだ。

柳森稲荷の屋根に忍んでいた猿若が、素早く駆け下りて浪人を追った。

よし……。

左近は、足取りを緩めて猿若を追った。

不忍池に夕陽が映《は》えた。
浪人は、不忍池の畔を奥の雑木林に向かった。
猿若は尾行《つけ》た。
不忍池の畔に出た瞬間、猿若は木々の梢や茂みからの視線を感じた。
木曾谷忍び……。
猿若は苦笑した。

左近は、浪人の後を尾行《つけ》る猿若に続いた。
不忍池の畔を行く浪人と猿若には、既に多くの木曾谷忍びの見張りが付いた。
此のままでは、猿若は木曾谷忍びの争いに巻き込まれるかもしれない。
それだけは、食い止めなければならない。
よし……。
左近は、雑木林に駆け込んだ。

尾行て来ているのは何者なのか……。

浪人は、尾行て来る者が江戸のはぐれ忍びか、木曾谷忍びの赤竜組の者なのか、分からなかった。

柳森稲荷から尾行て来たところからみると、はぐれ忍びなのかもしれない……。

浪人は読んだ。

「おう、どうだった……」

塗笠を目深に被った左近が浪人の行く手に現われ、親し気な声を掛けた。

「おぬし……」

浪人は、戸惑いを浮かべた。

猿若は木陰に隠れた。

「心配するな。不忍池は黒竜のお頭が仕切っている処、赤竜のお頭に知られる恐れはない」

左近は、塗笠を目深に被ったまま嘲笑した。

「そんな……」

浪人は狼狽えた。

「犬山藩目付頭津坂兵部の尾行を邪魔したのは、赤竜さまの指図だな」

左近は、浪人を厳しく見据えた。

「そ、それは……」

浪人はたじろいだ。

「裏切者……」

左近は、嘲笑を浮かべて無明刀を一閃した。

浪人は仰け反り、胸元から血を飛ばして倒れ込んだ。

左近は、素早く身を翻して逃げた。

赤竜組の木曾谷忍びが雑木林から現われ、倒れた浪人に駆け寄った。

残った黒竜組の木曾谷忍びが、倒れた浪人と駆け寄った赤竜組を取り囲んだ。

木曾谷忍び同士が対峙《たいじ》した。

猿若は、木陰から身軽に梢に駆け登って見下ろした。

眼下には斬られた浪人と赤竜組と黒竜組の忍びが対峙しているのが見えるだけで、仕掛けた左近の姿は既に消えていた。

指笛が甲高《かんだか》く鳴り響いた。

赤竜組は斬られた浪人を担ぎ、黒竜組の木曾谷忍びと共に退いた。

二人の木曾谷忍びが残った。

木曾谷忍びの頭の黒竜と赤竜だった。

猿若は見守った。

左近も何処かに忍んで見ている筈だ。

黒竜と赤竜の殺気が渦巻いた。

猿若は、黒竜と赤竜の殺気に思わず喉を鳴らして生唾を飲んだ。


赤竜と黒竜は対峙した。

「赤竜。何故、犬山藩目付頭の津坂兵部と唐物屋海宝堂の取引を見定める邪魔をした」

黒竜は、怒りを滲ませた。

「黙れ、黒竜。何故、青竜の死や畔の忍び宿が荒らされた事実を報せなかった」

赤竜は、憎しみと嘲りを露《あら》わにした。

「名古屋藩江戸中屋敷の結界を破られたのは赤竜組の失態、我ら黒竜組のせいではない」

黒竜は嘲笑した。

「おのれ……」

赤竜は、千鳥鉄《ちどりがね》を出して振るった。

千鳥鉄の先から分銅が鎖を伸ばし、黒竜に飛んだ。

黒竜は、手鉾《てぼこ》を振るった。

千鳥鉄の分銅は手鉾に弾き飛ばされ、赤竜は僅かに怯《ひる》んだ。

今だ……。

黒竜は、鋭く踏み込んで手鉾を一閃した。

赤竜は、咄嗟に身を投げ出して躱し、忍び刀を抜き打ちに放った。

忍び刀は煌めいた。

黒竜は、左の足首の腱《けん》を斬られ、血を飛ばして転ぶように倒れた。

「お、おのれ、赤竜……」

黒竜は、悔しく顔を歪めて踠《もが》いた。

「此れ迄だな。木曾谷忍びの黒竜……」

赤竜は、黒竜に嘲り蔑《さげす》んだ眼を向けた。

「殺せ、赤竜。ひと思いに殺せ……」

黒竜は、苦し気な嗄れ声を震わせた。

「足の腱を斬られた忍びの者は、最早《もはや》忍びではない……」

赤竜は冷笑した。

「赤竜……」

黒竜は、赤竜に縋《すが》る眼を向けた。

「木曾谷忍びの黒竜、さらばだ……」

赤竜は、黒竜に笑い掛けて踵を返した。

「赤竜……」

黒竜は呻き、気を失った。

木曾谷忍び黒竜組の忍びの者たちが現われ、気を失った黒竜を運び去った。

左近が現われ、辺りを眺めた。

「左近さま……」

猿若が、木の梢から下りて来た。

「猿若、忍びとは非情なものだな……」

左近は、淋し気な笑みを浮かべた。

四

犬山藩江戸上屋敷は静かな日々が続いた。

左近は、犬山藩江戸上屋敷の護りを元はぐれ忍びの黒木平蔵、小平太、猿若、烏坊に任せ、名古屋藩江戸中屋敷に潜んで犬山藩を牽制《けんせい》する木曾谷忍びを探っていた。

托鉢坊主は、経を読みながら麹町通りをやって来た。

あの下手な経は……。

左近は苦笑し、麹町通りを来る托鉢坊主を木曾谷忍び黒竜組の竜海坊だと睨んだ。

竜海坊は、名古屋藩江戸中屋敷の脇道である清水谷に曲がって行った。

よし……。

左近は、犬山藩江戸上屋敷を出た。

半刻《はんとき》（一時間）近くが過ぎた。

托鉢坊主の竜海坊が清水谷から現われ、饅頭笠を上げて犬山藩江戸上屋敷を一瞥し、麴町通りを外濠に架かっている四谷御門に向かった。

竜海坊は、外濠に架かる四谷御門を出た。

四谷御門外には、町家《まちや》が並んでいた。

竜海坊は、町家の連なりを眺めた。

町家の連なりには蕎麦《そば》屋があり、脇の路地から左近が現われた。

日暮左近……。

竜海坊は、思わず辺りを見廻した。

左近は、竜海坊に笑い掛けて蕎麦屋の暖簾《のれん》を潜った。

竜海坊は続いた。

左近と竜海坊は、蕎麦屋の二階の座敷の衝立《ついたて》の陰で蕎麦を肴《さかな》に酒を飲んだ。

「そうか。黒竜、命は助かっても跳んだり走ったりも出来ず、忍びとしては死んだも同然か……」

左近は、手酌で酒を飲んだ。

「はい。それで、お館の幻竜斎さまは、黒竜さまを木曾谷に呼び戻しました……」

竜海坊は告げた。

「木曾谷に呼び戻したか……」

「はい……」

「ならば、赤竜はどうしている……」

「不忍池の畔の忍び宿の警戒も任され、江戸の木曾谷忍びを握った……」

竜海坊は酒を啜った。

「そうか。赤竜がな……」

「ええ。赤竜の事だ、犬山藩江戸上屋敷からの攻撃を警戒しているだけではなく、攻撃に転じるかも……」

竜海坊は苦笑し、手酌で酒を啜った。

「そうか、赤竜、なかなかの遣り手《やて》、自信家だと見えるな……」

「ええ。己が木曾谷忍びで一番だと思い、黒竜たち同僚の頭を蔑み、見下しているさ」

竜海坊は、腹立たし気に酒を呷った。

「木曾谷忍びにもいろいろあるのだな……」

左近は、小さく笑って酒を飲んだ。

赤竜は黒竜に代わり、江戸の木曾谷忍びの頭になった。

「赤竜……」

黒木平蔵は眉をひそめた。

「知っているのか……」

「名前だけだが、噂を聞いた事がある」

黒木平蔵は、厳しい面持ちで頷いた。

「平蔵。どんな噂だ……」

犬山藩目付頭の津坂兵部は尋ねた。

「敵を斃す為には、配下の忍びを餌《えさ》にもする冷酷非情な男だそうだ」

黒木平蔵は告げた。

「そんな奴か……」

津坂兵部は緊張した。

「ああ……」

「となると、今迄より仕掛けて来るだろうな」

左近は読んだ。

「きっと……」

黒木平蔵は頷いた。

「大丈夫か、平蔵……」

津坂兵部は心配した。

「ああ。もし攻めて来たら、儂と小平太、烏坊、猿若で蹴散らしてくれる。なあ、猿若……」

黒木平蔵は笑い掛けた。

「云われる迄もなく……」

猿若は、威勢良く頷いた。

「よし。黒木さん、皆。護りに抜かりはないようにな」

左近は命じた。

「心得た……」

黒木平蔵は頷いた。

「左近さま……」

小平太、烏坊、猿若は眉をひそめた。

燭台《しよくだい》の火は揺れた。

「何、目付頭の津坂兵部の用心棒の爺《じじ》い、黒木平蔵と申す元はぐれ忍びだと……」

赤竜は眉をひそめた。

「はい。家は根津権現裏千駄木町にある神明社の隣……」

赤竜組の配下の忍びの竜泉《りゆうせん》は、頭の赤竜に報せた。

「家族は……」

「娘が一人……」

「娘……」

赤竜は、その眼を狡猾《こうかつ》に光らせた。

「はい……」

忍びの竜泉は頷いた。

「竜泉、此《こ》れで犬山藩が唐物屋海宝堂から秘かに買った抜け荷の武器の隠し場所が分かるかもしれぬ……」

赤竜は、冷酷な笑みを浮かべた。


根津権現の境内には参拝客が行き交っていた。

「お邪魔しますよ……」

嘉平は、お店の隠居を装って境内の隅にある茶店を訪れた。

「いらっしゃいませ……」

奥から茶店の女が出て来た。

「やあ。茶を貰おうか、お佐奈ちゃん……」

嘉平は、親し気に声を掛けた。

「はい。お茶ですね」

頷いた茶店の女は、元はぐれ忍びで嘉平の古い友である黒木平蔵の一人娘の佐奈だった。

「変わった事は……」

嘉平は尋ねた。

「今のところ、別に何も……」

佐奈は、不安そうに首を横に振った。

「そうか。じゃあ、茶を貰おうか……」

「はい……」

佐奈は、茶店の奥の茶汲場《ちゃくみ》に入って行った。

嘉平は、境内を鋭く見廻した。

境内の何処にも、木曾谷忍びらしい者はいなかった。

嘉平は見定め、佐奈が運んで来た茶を啜った。

旧友黒木平蔵の一人娘佐奈は、木曾谷忍びから何としてでも護らなければならない……。

嘉平は、黒木平蔵との友情に殉じるつもりなのだ。

沈む陽はゆっくりと赤くなっていく。


千駄木は武家屋敷と田畑の多い町だ。

根津権現裏の神明社の隣にある板塀に囲まれた仕舞屋は、夕暮れ時の青黒さに覆われていた。

嘉平は、板塀に囲まれた仕舞屋を窺った。

仕舞屋に異変は窺えなかった。

よし……。

嘉平は、素早く板塀を乗り越えた。

庭は綺麗に手入れがされ、花が咲いていた。

嘉平は、庭の隅に忍んで辺りを見廻した。

庭先に忍ぶ者はいなく、母屋の座敷や居間の雨戸は閉められていた。

嘉平は、家の中の気配を窺った。

人の潜む気配は窺えない……。

嘉平は見定め、忍び続けた。

近くの寺が暮六つ（午後六時）の鐘を響かせ始めた。

佐奈が茶店の仕事を終え、帰って来る刻限だ。

嘉平は、仕舞屋の庭を出て根津権現の境内に急いだ。


根津権現の隅の茶店は、老亭主が店仕舞いを始めた。

「おじさん、お疲れさまでした……」

佐奈が、小さな風呂敷包みを抱えて店から出て来た。

「ああ。気を付けて帰るんだよ」

「はい。じゃあ……」

佐奈は、老亭主に会釈をして境内を裏手に向かった。


曙の里は人通りも途絶え、夜の静寂に覆われた。

佐奈は、通い慣れた夜道を千駄木の自宅に急いだ。

町駕籠が小田原提灯《おだわらちようちん》を揺らし、反対側からやって来た。

佐奈は、道の脇に寄って町駕籠と擦れ違おうとした。

「済まないね、娘さん……」

駕籠舁《か》きが礼を云い、佐奈の真横に町駕籠を停めた。

刹那、町駕籠の垂《たれ》を撥《は》ね上げ、木曾谷忍びの竜泉が佐奈の腕を摑んで町駕籠に引き摺り込もうとした。

次の瞬間、佐奈は腕を摑んだ竜泉の手を打ち払った。

竜泉は、驚きの声を上げて町駕籠から転げ出た。

佐奈は跳び退いた。

竜泉の、佐奈の腕を摑んだ手の甲に幾筋かの血が流れていた。

佐奈は笑みを浮かべ、血に濡れた角手《かくて》を嵌《は》めた手を構えた。

「おのれ、忍びか……」

竜泉は怯んだ。

「ああ。木曾谷の忍びだな……」

佐奈は、町娘の着物を脱ぎ棄て、忍び装束の女忍びになった。

竜泉と二人の駕籠舁きは身構えた。

「佐奈はどうした。黒木佐奈は……」

竜泉は焦った。

「忍びなら、その前に角手の爪に毒が塗ってあったかどうかを心配するのだな」

女忍びは嘲りを浮かべた。

「毒……」

竜泉は、血の流れる手の甲を押さえ、恐怖に激しく震えて後退《あとずさ》りして身を翻した。

二人の駕籠舁きが慌《あわ》てて続いた。

女忍びは、苦笑して見送った。

「毒、角手の爪に塗ってあったのか……」

嘉平が、佐奈を伴って現われた。

「まさか……」

女忍びは苦笑した。

「ならば、言葉の毒か……」

「ああ。毒が塗られていないと分かる迄、心《しん》の臓《ぞう》が持てばな……」

女忍びは、冷ややかに云い放った。

「秩父忍びの蛍《ほたる》か。流石《さすが》だな……」

嘉平は微笑んだ。

「年恰好《かっこう》や背恰好が似ているのが幸いだったな……」

佐奈を見て笑みを浮かべた女忍びは、秩父忍びの蛍だった。

「うむ。奉公先が知れているとなると、家も知れているだろう。さあて、佐奈ちゃんを何処に匿《かくま》うか……」

嘉平は眉をひそめた。

「ならば、私に任せてもらおう」

蛍は笑った。

燭台の火は揺れた。

「女忍び、くノ一か……」

赤竜は眉をひそめた。

「はい。年恰好や背恰好が黒木佐奈に良く似ていて……」

竜泉は、晒《さらし》を巻いた右手を見て僅かに震えた。

「角手の爪に毒か……」

赤竜は苦笑した。

「は、はい……」

「竜泉、毒が塗ってあれば、既に五体に廻《まわ》っている筈《はず》だ」

「お、お頭……」

竜泉は、戸惑いを浮かべた。

「五体の何処かに痺《しび》れでもあるか、痛みでもあるのか……」

赤竜は、竜泉を厳しく見据えた。

「いいえ。ありません……」

竜泉は、気が付いた。

「ならば、角手の爪、毒は塗られていなかったようだな」

赤竜は苦笑した。

「は、はい……」

竜泉は安堵し、その顔を輝かせた。

「ならば、捜せ。黒木佐奈を捜し出して捕らえ、犬山藩が秘匿《ひとく》している南蛮渡りの武器を奪うのだ……」

赤竜は、厳しく命じた。


「そうか、蛍が佐奈さんに扮して木曾谷忍びを誘《おび》き寄せ、勾引《かどわかし》の邪魔をしたか……」

左近は、嘉平から蛍の事を訊いた。

「うん。不意に俺の処に現われてな……」

嘉平は笑った。

「そうか……」

陽炎《かげろう》は、蛍を一人で江戸に寄越す事はない。

万が一、一人で寄越したなら先ずは俺の処に現われる筈だ。だが、現われてはいない。

おそらく、陽炎が一緒なのだ……。

左近は読んだ。

「おのれ、木曾谷忍び……」

黒木平蔵は、怒りを露《あら》わにした。

「うむ。赤竜、佐奈ちゃんを捕らえ、南蛮渡りの連発銃を奪い取ろうとしている」

嘉平は読んだ。

「して、佐奈さんは無事だったのだな」

左近は尋ねた。

「うむ。流石は蛍だ。角手の爪に毒が塗ってある振りをしていたぶっていたよ」

嘉平は笑った。

「ならば、その木曾谷忍び。今頃、未だ無事な我が身に戸惑い、驚き、いたぶられたと気が付いただろう」

左近は苦笑した。

「それで嘉平、佐奈は家に戻ったのか……」

黒木平蔵は尋ねた。

「奉公先からの帰り道に襲われたのだ。家は既に突き止められているだろう」

嘉平は告げた。

「そうか……」

黒木平蔵は眉をひそめた。

「蛍が姿を隠すのなら自分が良い処《ところ》を知っていると云ってな……」

嘉平は告げた。

「蛍がそう云ったのか……」

左近は、嘉平に訊き返した。

「うむ。心当たりはあるのか……」

嘉平は、左近に尋ねた。

「そこは安全なのだろうな……」

黒木平蔵は、嘉平に被せて身を乗り出した。

「ああ。もし、私が知っている処なら心配はいらぬが……」

左近は苦笑した。

燭台の火は瞬《またた》いた。

江戸湊の沖には、漁火《いさりび》が瞬《またた》いていた。

鉄砲洲波除稲荷一帯は、夜の潮騒に覆われていた。

左近は、傍にある公事宿『巴屋』の寮を窺った。

公事宿『巴屋』の寮の屋根の闇が微かに揺れた。

左近は跳んだ。


「陽炎か……」

左近は、寮の屋根に音もなく降り、微かに揺れた闇に囁いた。

「左近か……」

微かに揺れた闇から陽炎が現われた。

「変わりはないようだな……」

左近は笑い掛けた。

「左近もな……」

陽炎は、照れたように微笑んだ。

久々の対面だった。

「うむ。だが、小平太、烏坊、猿若たちを見るとな……」

歳月は確かに流れている……。

左近は苦笑した。

「左近、そいつは云ってはならぬ」

陽炎は笑った。

「そうか。そうだな」

左近は頷いた。

「うむ……」

陽炎は、左近を見詰めた。

「それにしても陽炎。小平太、鳥坊、猿若を良く寄越《よこ》してくれた。礼を云う」

左近は頭を下げた。

「左近。小平太、鳥坊、猿若、既に一人前の秩父忍びだ。江戸に来るかどうか決めるのは、そろそろ本人だ……」

陽炎は、嬉しそうに告げた。

「蛍もか……」

「うむ……」

頷く陽炎に、微かな寂しさが過《よ》ぎった。

「陽炎……」

左近は戸惑った。

「左近。此度《こたび》の件でそいつを見定める」

陽炎は告げた。

犬山藩と名古屋藩の政争に拘わっての木曾谷忍びとの暗闘で、小平太、烏坊、猿若、蛍が一人前の秩父忍びだと認め、独立させるつもりなのだ。

「そうか。ならば、秩父忍びの道統を伝える陽炎の役目も終わったか……」

左近は、陽炎を眩《まぶ》し気に見詰めた。

「ああ……」

陽炎は頷いた。

「そうか。長い間、ご苦労だったな」

左近は、その苦労を労《ねぎら》った。

「いや。私が好きでやって来た事だし、育てなければならない子は未だいる」

陽炎は、寂しさを消すかのように明るく声を弾ませた。

「そうか。ところで伊賀の抜け忍で元はぐれ忍びの黒木平蔵の娘の佐奈、良く助けてやってくれたな」

左近は笑った。

「うむ。佐奈は私と蛍が護る。心配するな」

陽炎は笑った。

「うむ……」

左近は頷いた。

「木曾谷忍びか……」

「ああ……」

「何処の忍びも、今は存亡の危機に晒されている。秩父忍び、生き残りたいものだ」

陽炎は、淋し気に呟いた。

「ああ……」

左近は、江戸湊の沖に瞬く漁火を眺めた。

江戸湊の潮騒は、静かに響き続けた。

第三章　尾張柳生流

一

犬山藩江戸上屋敷は護りを固め、目付頭の津坂兵部の用心棒黒木平蔵の娘の佐奈も姿を隠したままだった。

木曾谷忍びの頭の赤竜は焦り、配下の者共に隠してある南蛮渡りの武器などのありかを探させた。だが、南蛮渡りの武器の隠し場所は杳《よう》として突き止められなかった。

「赤竜さま、木曾谷のお館《やかた》さまからの書状が参りました」

木曾谷忍びの竜光《りゅうこう》は、書状を差し出した。

「お館さまから……」

赤竜は、緊張した面持ちで書状の封を切り、素早く読み下した。

「赤竜さま、お館さまは何と……」

「埒《らち》が明かなければ、白竜《はくりゅう》を寄越すそうだ……」

赤竜は、腹立たし気に告げた。

「白竜さまを……」

竜光は眉をひそめた。

「おのれ。竜光、南蛮渡りの武器の隠し場所を急ぎ突き止めろ」

赤竜は、苛立って命じた。

「はっ。では……」

竜光は、赤竜に一礼して消えた。

「竜泉……」

赤竜は、闇に向かって苛立たし気に呼んだ。

「はっ……」

木曾谷の竜泉が現われた。

「黒木佐奈は見付かったか……」

「いいえ、未だ……」

竜泉は平伏《へいふく》した。

「捜せ。早々に捜し出せ……」

赤竜は怒鳴った。

「ははっ……」

竜泉は、平伏したまま後退して闇に消えた。

「おのれ……」

赤竜は、肩を上下させて息を荒く鳴らした。


名古屋藩江戸中屋敷の奥御殿の屋根に、辺りを揺らして人影が浮かんだ。

人影は木曾谷忍びの頭、赤竜だった。

犬山藩江戸上屋敷は警戒を厳重にしていたが、忍びの結界は貧弱だった。

「結界、穴だらけだな……」

赤竜が嘲笑した。

「はっ……」

赤竜の傍らに大柄の忍び、木曾谷の竜泉が浮かんだ。

「おそらく、忍びの人数が足りないのでしょう」

竜泉は読んだ。

「して、何処の忍びだ……」

「そいつが未だ……」

「分からぬか……」

「はい。様々な流派の抜け忍が寄り集まっている江戸のはぐれ忍び。下手に仕掛ければどうなるか……」

竜泉は躊躇《ためら》った。

「だが、仕掛けなければ、埒は明かぬ……」

赤竜は、冷徹に云い放った。

「な、ならば……」

竜泉は緊張した。

「うむ。竜泉、木曾谷忍び赤竜組一之陣と二之陣に、夜になったら結界を破らせ、目付頭の津坂兵部を血祭りにあげろ」

赤竜は、静かに命じた。

「はっ……」

竜泉は頷いた。

「そうですか、佐奈は達者にしていますか……」

黒木平蔵は、緊張を解いて全身で安堵した。

「ええ。私と昵懇《じっこん》のくノ一たちと木曾谷忍びの知らぬ処《ところ》で穏やかに暮らしています」

「それは良かった。此れからもよしなにお願いします」

黒木平蔵は、左近に深々と頭を下げた。

「良かったな、平蔵……」

津坂兵部は喜んだ。

「うん……」

「儂《わし》との交誼《こうぎ》に殉じて、とうの昔に棄てた筈の忍びに戻り、娘の佐奈さんに迄危ない目に遭わせ、申し訳ない……」

津坂兵部は、黒木平蔵に平伏して礼を述べた。

「手を上げろ、兵部。儂は木曾谷忍びが、忍びの手勢を持たぬ犬山藩を蹂躙《じゅうりん》するのを許せぬだけだ」

黒木平蔵は、老忍びの意地を懸けた不敵な笑みを浮かべた。

左近は、老いた黒木平蔵と津坂兵部の友情と男気を知った。

「左近さま……」

小平太が現われた。

「おう。小平太、どうした……」

「木曾谷忍びの赤竜、何やら動き始めたようです」

小平太は報せた。

「赤竜が……」

「はい。南蛮渡りの武器も奪えず、黒木さんの娘も勾引《かどわか》せず、膠着《こうちゃく》状態になった局面を破って優位に立とうとする気なのかもしれません」

小平太は、赤竜の出方を読んだ。

「うむ……」

左近は、小平太の読みに頷いた。

「ならば赤竜、夜にでも攻め込んでくるかな」

津坂兵部は読んだ。

「おそらく。此方《こちら》の結界が手薄と侮り……」

小平太は、小さな笑みを浮かべた。

「小平太。赤竜の攻撃に備え、嘉平に人数を揃《そろ》えてもらうか……」

黒木平蔵は、小平太に出方を尋ねた。

「いいえ。木曾谷忍びの十人や二十人は、私と烏坊、猿若で始末出来ます。その間に……」

小平太は、左近を窺った。

「私が表門、木曾谷忍びの結界を破り、混乱させるか……」

左近は苦笑した。

「はい……」

小平太は、楽し気な笑みを浮かべて頷いた。

「よし、分かった。小平太、任せる。烏坊や猿若と好きにやるのだな」

左近は、小平太に命じた。

「はい……」

小平太は、張り切って頷いた。

「だが、小平太。勝ちは八分《ぶ》だ。十分を狙って深追いするは下策《げさく》。篤《とく》と心得ろ」

「はい、では……」

小平太は、左近と津坂兵部や黒木平蔵に一礼して用部屋から出て行った。

「左近どの……」

黒木平蔵は、左近を窺った。

「さあて、小平太、烏坊、猿若の忍びの腕は、並みの忍び以上。どのくらいのものなのか……」

左近は、楽しそうに笑った。

「左近どの……」

黒木平蔵は眉をひそめた。

「私は木曾谷忍びの背後を衝《つ》き、結界を破って翻弄《ほんろう》するのが役目。さあて、仕度に取り掛かりますか……」

左近は笑った。

陽は西に大きく傾き始めた。


外濠に夜風が吹き抜けて小波《さざなみ》が走り、月影が揺れて崩れた。

名古屋藩江戸中屋敷の屋根には、赤竜が配下の竜泉を従えて現われた。

赤竜は、犬山藩江戸上屋敷を窺った。

犬山藩江戸上屋敷は相変わらず緩い結界が張られ、それなりの警戒をしていた。

「結界、いつもと変わりはないようだな……」

「はい。細《こま》やかなものです。一之陣が襲い掛かれば、事足りるかと……」

竜泉は嘲笑した。

「そうか。ならば、二之陣は要らぬかな」

赤竜は笑った。

「はい……」

竜泉は頷いた。

「よし。竜泉、篤と見せてもらおう」

赤竜は、そう言い残して夜の闇に消え去った。

刻は過ぎた。

名古屋藩江戸中屋敷と犬山藩江戸上屋敷は、夜の闇と静寂に覆われた。

竜泉は、名古屋藩江戸中屋敷の奥御殿の屋根に現われ、犬山藩江戸上屋敷を見下ろした。

犬山藩江戸上屋敷の結界に変わりはない……。

竜泉は、喉を鳴らして片手を上げた。

犬山藩江戸上屋敷の南側の闇が揺れ、木曾谷忍びの者共が一斉に土塀に取り付き、乗り越えようとした。

刹那、夜鳥《よがらす》の鳴き声がした。

木曾谷忍びは辺りを見廻した。

烏坊が土塀の端に現われ、忍び刀を抜いて大きく夜空に飛んだ。

木曾谷忍びは身構えた。

烏坊は、夜空を飛んで木曾谷忍びに迫った。

木曾谷忍びは、烏坊を迎え撃った。

烏坊は、木曾谷忍びに一気に迫り、忍び刀を閃かせた。

木曾谷忍びは、血を飛ばして仰《の》け反《ぞ》った。

烏坊は、髪の毛を編んだ紐を土塀の上に張り、その上を駆け抜けながら忍び刀を振るった。

木曾谷忍びは、夜空を駆け抜ける烏坊に戸惑い、次々と倒された。

烏坊は忍び刀を閃かせた。

木曾谷忍びは、次々に土塀から転げ落ちた。

猿若が木々の梢を飛び交い、手裏剣を次々と投げ付けた。

木曾谷忍びは、手裏剣を受けて土塀から転げ落ちた。

木曾谷忍びは、土塀の外に釘付けになった。

辛《かろ》うじて土塀の内に侵入した木曾谷忍びには、小平太が襲い掛かった。

小平太は、木曾谷忍びたちを容赦なく斬り棄てた。

中途半端な情け容赦は大怪我の元、命取りになる。

小平太は、左近の教えに従って忍び刀を縦横に閃かせた。

木曾谷忍び赤竜組一之陣は、小平太、烏坊、猿若の餌食《えじき》となった。

「お、おのれ。掛かれ……」

竜泉は驚き焦り、赤竜組二之陣を放った。

人数は少ないが、恐ろしい程に腕の立つ忍びの者共《ものども》……。

竜泉は緊張し、微かな恐怖を覚えた。

名古屋藩江戸中屋敷に張られた結界は、犬山藩江戸上屋敷への攻撃に注意を向けていた。

攻め込んだ赤竜組一之陣と二之陣の形勢は悪く、木曾谷忍びは微かに動揺していた。

小平太、烏坊、猿若たちの企て通りだ。

左近は苦笑した。

よし……。

左近は、名古屋藩江戸中屋敷の西、外濠沿いの土塀に殺気を放ち、地を蹴って跳んだ。

結界を張っていた木曾谷忍びは、不意に背後から浴びせられた殺気に狼狽《うろた》えた。

小細工なしだ……。

左近は、無明刀を閃かせた。

木曾谷忍びは、次々に斬り棄てられた。

左近は、外濠沿いの土塀に張られた結界を容易に破った。

竜泉は焦った。

犬山藩江戸上屋敷の結界を破るどころか跳ね返され、名古屋藩江戸中屋敷の結界が蹂躙《じゅうりん》されたのだ。

「どうなっているのだ、竜泉……」

赤竜の厳しい声が飛んだ。

「は、はい……」

竜泉は狼狽えた。

「おのれ……」

赤竜は、名古屋藩江戸中屋敷の結界を破った忍びは、不忍池の畔の潰れた料理屋を蹂躙した忍びだと睨んだ。

赤竜は、名古屋藩江戸中屋敷の外濠沿いの土塀に走った。

外濠沿いの土塀の結界は破られ、激しく斬り裂かれていた。

「おのれ……」

赤竜は、怒りに塗《まみ》れた。

「竜海坊……」

赤竜は、斬られた仲間の介抱をしていた竜海坊を呼んだ。

「はっ……」

竜海坊は、赤竜の許に走った。

「結界を破ったのは、不忍池の忍び宿を蹂躙した忍びだな……」

赤竜は気が付いた。

「は、はい、おそらく。はぐれ忍び随一の手練れと噂の日暮左近なる者に相違ありません」

竜海坊は頷いた。

「日暮左近か……」

赤竜は眉をひそめた。

「はい……」

竜海坊は頷いた。

「何処にいる……」

「次第に搦手《からめて》に進んでいます」

「よし、案内しろ……」

「はい。此方《こちら》です……」

竜海坊は、外濠沿いの土塀を搦手に進んだ。

赤竜は続いた。

血の臭いが漂い、木曾谷忍びの者たちが血塗《ちまみ》れになって倒れていた。

竜海坊と赤竜は、名古屋藩江戸中屋敷の搦手に急いだ。

そろそろ潮時だ……。

左近は、木曾谷忍びの結界を破り、斬り裂いていた。

「赤竜さま……」

竜海坊は、無明刀を閃かせている左近を示した。

「奴が日暮左近か……」

赤竜は、左近を見据えた。

「おそらく……」

竜海坊は、恐ろしげに左近を見詰めたまま頷いた。

「おのれ……」

赤竜は、左近に鋭い殺気を放ち、炸裂弾《さくれつだん》を投げた。

左近は、襲い掛かる鋭い殺気に地を蹴って夜空に跳ぼうとした。

刹那、左近がいた処に炸裂弾が微かな火を噴き、旋風《つむじかぜ》が煙を巻き込んで四方に飛んだ。

僅かな刻が過ぎ、煙が消え始めた。

左近の姿はなかった。

「追え、竜海坊……」

赤竜は命じた。

「承知……」

竜海坊は、名古屋藩江戸中屋敷の外濠沿いの土塀に跳び、外に消えた。

「おのれ。竜泉……」

赤竜は、苛立ちを露わにして竜泉を呼んだ。


竜海坊は、外濠沿いの道に出て四谷御門に向かった。

犬山藩江戸上屋敷に攻め込んだ木曾谷忍びは退き始めたようだ。

刃の噛み合う音や激しい息遣いは、途切れ始めた。

竜泉の企ては失敗した……。

竜海坊は苦笑した。

木曾谷忍びの攻撃を防いだ忍びは、何事もなかったかのように元の結界を張るのだ。

竜海坊は、静寂の訪れた外濠沿いの道を四谷御門に急いだ。

外濠の水面に月影は揺れた。

竜海坊は、四谷御門の石垣の陰に入った。

「来たか……」

左近が、四谷御門の石垣の上から現われた。

「やあ……」

「下手な攻めだったな……」

左近は苦笑した。

「ああ。小頭の竜泉、馬脚《ばきやく》を現わしたようだ」

竜海坊は、腹立たしさを過《よ》ぎらせた。

「前しか見えぬ愚か者か……」

「ああ。背後の警戒を一切しないとは、驚く程の間抜けだな」

竜海坊は蔑《さげす》んだ。

「さあて、赤竜、次はどう出るかな……」

「狙いは南蛮渡りの武器……」

竜海坊は睨んだ。

「南蛮渡りの武器か……」

「ああ。黒木平蔵の娘を捜し出して捕らえ、身柄と引き換えにしてでも奪おうとしている」

「赤竜、焦っているか……」

左近は読んだ。

「ああ。木曾谷忍びの赤竜。所詮《しょせん》、江戸のはぐれ忍び、日暮左近の敵ではないか……」

竜海坊は、左近に探る眼を向けた。

「竜海坊……」

左近は、竜海坊を見据えた。

「江戸のはぐれ忍びで誰よりも恐ろしいのは、日暮左近。今更、隠しようもあるまい」

竜海坊は笑った。

「そうか……」

左近は苦笑した。

魚が跳ねたのか、外濠の水面に波紋が音もなく広がった。

犬山藩江戸上屋敷の土塀の外には、烏坊、猿若、小平太によって江戸上屋敷内で斃された木曾谷忍びの死体を並べた。

犬山藩江戸上屋敷内に侵入して斃された木曾谷忍びは七人だった。

「ご苦労だったな……」

「うむ。まことに見事な……」

津坂兵部と黒木平蔵は、小平太、烏坊、猿若の忍びとしての腕と手際に感心した。

「いえ。ならば、烏坊、猿若、結界の張り直しを急ごう」

「はい……」

「では……」

小平太、烏坊、猿若は、持ち場に戻って行った。


小平太たちが持ち場に戻った時、土塀の外に並べられた木曾谷忍びの七人の死体は消えていた。

おそらく、木曾谷忍びの者たちが片付けたのだ。

犬山藩江戸上屋敷と名古屋藩江戸中屋敷は、何事もなかったかのように再び夜の闇と静寂に覆われていった。

名古屋藩江戸中屋敷は、取り敢えずの結界を張った。

左近は、取り敢えず張られた結界を掻い潜り、名古屋藩江戸中屋敷に舞い戻った。

脱出した忍びの者が、直ぐに舞い戻る筈はない……。

取り敢えずの結界が張られた名古屋藩江戸中屋敷の中の警戒は緩かった。

左近は、木曾谷忍びの一人を当て落として、その覆面で顔を覆った。そして、名古屋藩江戸中屋敷を窺った。

侍長屋には、血や薬湯の匂いが満ちていた。

赤竜は、斃された配下の忍びを葬り、傷付いた者たちの手当てを急がせた。そして、己の暮らす重臣屋敷に竜泉を呼んだ。

竜泉は、厳しい叱責《しっせき》を覚悟して赤竜の許に急いだ。

左近は、竜泉を追った。

竜泉は、赤竜の激しい怒りに緊張し、左近が追って来るのに気付く余裕はなかった。

左近は、重臣屋敷に入る竜泉の呼吸と動きに合わせ、影のように屋敷内に忍び込んだ。

二

燭台の火は蒼白《あおじろ》く揺れた。

「見事な失敗だったな……」

赤竜は、平伏した竜泉を冷たく見下ろした。

「申し訳ございません……」

竜泉は、平伏したまま声を震わせた。

「僅かな人数の敵に翻弄され、木曾谷忍びの名を貶《おとし》め、配下の忍びの者たちを無残に死なせた……」

赤竜は、冷ややかな怒りを浴びせた。

「は、はい……」

竜泉は、平伏して身を縮めた。

「その罪は重い……」

赤竜は、冷ややかな怒りを笑みに変えた。

「赤竜さま、お許しを……」

竜泉は、縋る眼差《まなざ》しで赤竜を見上げた。

「許せぬ……」

刹那、赤竜は竜泉の額に苦無を叩き込んだ。

竜泉は、悲鳴を上げる間もなく昏倒《こんとう》し、絶命した。

赤竜は、絶命した竜泉の骸《むくろ》を冷ややかに見下ろした。

数人の木曾谷忍びが現われ、竜泉の骸を運び去った。

「愚か者が……」

赤竜は吐き棄てた。


左近は天井裏に隠形《おんぎょう》し、赤竜の竜泉始末を見届けた。

「竜雲《りゅううん》……」

赤竜は、次の間に声を掛けた。

「はっ……」

次の間から、竜雲と呼ばれた木曾谷忍びが現われた。

「竜雲、我らの結界を破り、蹂躙したはぐれ忍びは日暮左近。竜海坊が追っている」

「竜海坊が……」

「うむ。お前は竜海坊と繋《つな》ぎを取り、一緒に日暮左近を追え……」

「はっ……」

「竜海坊は、おそらく柳森稲荷の嘉平の飲み屋に日暮左近が現われるのを待っている筈だ」

赤竜は命じた。

「心得ました……」

竜雲は、静かに赤竜の座敷から出て行った。

左近は、竜雲の呼吸と動きに合わせて赤竜の座敷の天井裏から消え去った。

「うん……」

赤竜は、天井裏に微かな気配を覚え、怪訝《けげん》に窺った。

天井裏には、人の気配は勿論《もちろん》、猫や鼠《ねずみ》の気配も窺えなかった。

竜雲の動きが引き起こした気配の欠片《かけら》が飛んだのか……。

赤竜は苦笑した。


神田川の流れは朝日に煌めいた。

柳森稲荷の狭い境内では、下男が枯葉を掃《は》き集めて燃やしていた。

鳥居前の空き地では、七味唐辛子売り、古道具屋、古着屋が冗談を云い合いながら店開きの仕度をしていた。

奥にある葦簀掛けの飲み屋には縄が廻してあり、主の嘉平の姿は見えなかった。

袴《はかま》を着た浪人が現われ、葦簀掛けの飲み屋の中を窺った。

木曾谷忍びの竜雲だった。

葦簀掛けの飲み屋の中に、やはり嘉平はいなかった。

竜雲は、傍らの古い縁台に腰掛け、緊張した面持ちで辺りを見廻した。

左近は、柳森稲荷の本殿の屋根に潜み、境内と鳥居前の空き地を眺めた。

柳森稲荷の境内からは、枯葉を燃やしている煙が緩やかに立ち昇り、空き地では古着屋、古道具屋、七味唐辛子売りが店を開けていた。そして、葦簀掛けの飲み屋の縁台にいる竜雲を眺めた。

何をしているのだ……。

竜雲は、落ち着かない風情で辺りを見廻し、誰かを捜しているようだ。

捜す相手は、誰なのか……。

左近は読んだ。

「おう。何者だい……」

嘉平が左近の傍に現われ、縁台に腰掛けている竜雲に眉をひそめた。

「木曾谷忍びの竜雲。誰かを捜しに父っつあんの処に来たようだ」

左近は苦笑した。

「そいつは面白いな……」

嘉平は苦笑した。

「面白い……」

左近は眉をひそめた。

「ああ。よし……」

嘉平は、柳森稲荷の本殿の屋根から素早く降りて行った。

左近は、柳森稲荷の本殿の屋根から見守った。

嘉平は、酒樽を担いで柳原通りから柳森稲荷前の空き地に入った。

縁台に腰掛けていた竜雲は、やって来る嘉平を見て立ち上がった。

嘉平は、竜雲を一瞥して葦簀掛けの飲み屋を縛っていた縄を外し、酒樽を担ぎ込んだ。

竜雲は、嘉平を見守った。

「酒か……」

嘉平は訊いた。

「あ、ああ……」

竜雲は、咄嗟に頷いた。

「ちょいと待ちな。料理屋から掻き集めて来た酒だ」

嘉平は、縁の欠けた湯呑茶碗に樽の酒を注いで竜雲に差し出した。

「十文だ……」

嘉平は、竜雲に笑い掛けた。

「十文……」

「ああ。十文だ」

竜雲は、嘉平に酒代の十文を払い、安酒を啜った。

「他に何か用があるのか」

嘉平は、竜雲に笑い掛けた。

「う、うん。親父さん、江戸のはぐれ忍びと拘わりがあるのかい……」

「ちょいとな。はぐれ忍びがどうかしたのか……」

嘉平は、竜雲を一瞥した。

「はぐれ忍びには恐ろしい程の遣い手がいるそうだが、そいつは今、何処にいるのか知っているか……」

竜雲は、探りながら尋ねた。

「お前さん、名前は……」

嘉平は、竜雲に胡散臭《うさんくさ》そうな眼を向けた。

「竜雲……」

竜雲は名乗った。

「竜雲か……」

「ああ、はぐれ忍びの手練れは何処だ」

「日暮左近なら、夜明けに中山道《なかせんどう》を木曾谷に向かって走った……」

嘉平は笑った。

「木曾谷に……」

竜雲は驚いた。

「争いの元凶《げんきょう》は木曾谷忍びの幻竜斎。手練れの左近は一気に叩き潰しに行ったよ」

嘉平は、面白そうに告げた。

「そ、そんな……」

竜雲は、血相を変えて狼狽えた。

「追うなら今の内だぞ」

嘉平は煽《あお》った。

「そ、そうか。ならば……」

竜雲は、欠けた湯呑茶碗の酒を飲み干して葦簀掛けの飲み屋を出た。

「うむ。気を付けてな……」

嘉平は見送り、笑った。

「そうか。日暮左近は木曾谷に走ったか……」

左近が、裏から葦簀掛けの飲み屋に入って来た。

「ああ。竜雲の奴、血相を変えて追い掛けて行ったが、追い付ける筈もあるまい」

嘉平は笑った。

「うむ……」

左近は、嘉平の老練さに苦笑した。


犬山藩江戸上屋敷は静寂に覆われていた。

目付頭の津坂兵部は、藩主成瀬正寿に呼ばれた。

津坂兵部は、直ぐに成瀬正寿の居室に伺候《しこう》した。

「殿、津坂兵部、参上いたしました」

津坂兵部は、成瀬正寿に平伏した。

「来たか、兵部……」

「はっ。我が殿には御機嫌麗《うるわ》しく……」

「挨拶無用。近《ちこ》う参れ……」

成瀬正寿は、津坂兵部を傍に招いた。

「御免……」

津坂兵部は、成瀬正寿の傍に寄った。

「木曾谷忍び、昨夜も押し寄せて来たようだな」

成瀬正寿は、厳しい面持ちで訊いた。

「はい。ですが、江戸のはぐれ忍びに翻弄されて撃退され、名古屋藩江戸中屋敷の結界を破られる無様な真似を……」

津坂兵部は、嘲りを浮かべた。

「ほう。江戸のはぐれ忍びにな……」

成瀬正寿は感心した。

「はい。恐ろしきはぐれ忍びの者共にございます」

「そのはぐれ忍びの者共、これからも、我が犬山藩の為に働いてくれるのか……」

成瀬正寿は、不安を過ぎらせた。

「はい。手前の古い友人黒木平蔵と共に……」

津坂兵部は、正寿に告げた。

「そうか……」

成瀬正寿は、安堵を浮かべた。

「殿、何か……」

津坂兵部は、成瀬正寿に怪訝な眼を向けた。

「うむ。名古屋藩藩主斉温さまの叔父上、宗朝《むねとも》の御前が秘かに逢いたいと申し入れて来た」

成瀬正寿は、緊張した面持ちで囁いた。

「宗朝の御前さまが……」

津坂兵部は眉をひそめた。

「うむ……」

「宗朝の御前さまと云えば、此度、我が犬山藩に無理難題を持ち掛け、秘かに南蛮渡りの武器を買い込む暗闘に引き摺り込んだ張本人。今更、殿に逢って如何《いかが》する気なのか……」

津坂兵部は、腹立たし気に読んだ。

「うむ。分からぬのは、そこなのだ。宗朝の御前、此の儂の首でも獲《と》るつもりなのか……」

成瀬正寿は、微かな怒りを過ぎらせた。

「成る程……」

津坂兵部は、成瀬正寿に笑い掛けた。

「兵部……」

成瀬正寿は、戸惑いを浮かべた。

「もし、そうなら、我らにも宗朝の御前の首を獲る機会があるというもの……」

津坂兵部は、成瀬正寿を見据えて告げた。

「そうか。そうだな……」

成瀬正寿は頷いた。

「はい……」

津坂兵部は頷いた。


木挽町の唐物屋『海宝堂』では、人足たちが船着場に着いた荷船の荷物を店の横手の土蔵に運び込んでいた。

荷船から運び込まれる荷物には、犬山藩に注文された南蛮渡りの新式の武器があるのか……。

木挽橋の袂に佇み、風車や弥次郎兵衛《やじろべえ》を売っている玩具屋《おもちゃや》、木曾谷忍びの竜光は土蔵に運び込まれる荷物の中身を読んでいた。

「木曾谷忍びだな……」

嘉平は、木挽橋の袂に佇む玩具屋を睨んだ。

「ああ。間違いない……」

「海宝堂に届いた荷物に犬山藩の頼んだ品物はあるのか……」

黒木平蔵は頷いた。

嘉平は尋ねた。

「さあ。訊いちゃあいない……」

黒木平蔵は首を捻った。

「ならば、犬山藩とは拘わりのない品物か……」

「きっとな……」

黒木平蔵は頷いた。

「何《いず》れにしろ、目障りな奴だな……」

嘉平は、木挽橋の袂に佇む玩具屋、竜光を見詰めた。

「ああ。ま、千駄木の俺の家にも木曾谷の見張り、付いているのだろうな」

黒木平蔵は、嘲笑を浮かべた。

「よし。ならば、平蔵、千駄木のお主《ぬし》の家に廻ってみよう」

嘉平は告げた。

根津権現裏千駄木町にある黒木平蔵の家は、板塀の木戸門も閉じられて人の出入りは窺えなかった。

黒木平蔵は、板塀の木戸門前で編笠《あみがさ》を上げて辺りを見廻した。

不審な人影はない……。

平蔵は見定め、素早く木戸門を入った。


家の中は薄暗く、佐奈は勿論、人の気配は窺えない……。

黒木平蔵は、薄暗い我が家の奥に進んだ。

娘の佐奈は、日暮左近に拘わるくノ一たちに保護され、平蔵も知らぬ処に匿われている。

木曾谷忍びはそれを知らず、此処に戻って来るのを何処かで待ち構えている筈だ。

平蔵は読み、家の中を探った。

家の中に隠形する者はいない……。

平蔵は見定め、居間の障子と雨戸を開けた。

明るい日差しが差し込み、縁側に佇んだ平蔵を包んだ。

刹那、木曾谷忍びが庭先から跳び込み、平蔵の背後を取って苦無を突き付けた。

平蔵は、息を呑んだ。

「黒木平蔵……」

木曾谷忍びは嘲りを浮かべた。

「木曾谷忍びか……」

黒木平蔵は、悔し気に声を震わせた。

「伊賀の抜け忍、黒木平蔵も老いたな……」

「黙れ。木曾谷の下郎《げろう》が……」

黒木平蔵は吐き棄てた。

「木曾谷の竜炎《りゅうえん》。はぐれ忍びの年寄りに蔑まれる覚えはない。犬山藩の南蛮渡りの武器は何処にある……」

竜炎は、黒木平蔵を嘲笑し、突き付けていた苦無に力を込めた。

「し、知らぬ……」

黒木平蔵は、顔を歪めて声を引き攣《つ》らせた。

「ならば、佐奈の身柄と引き換えにする迄……」

竜炎は冷笑した。

「竜炎、出来るものならやってみろ。佐奈の行方も知らぬ癖に……」

黒木平蔵は苦笑した。

「何……」

竜炎は怯んだ。

次の瞬間、竜炎の背後に現われた嘉平が、竜炎の首に萬力鎖《まんりきぐさり》を巻き付けて絞めた。

「うっ……」

竜炎は、驚愕と共に仰け反った。

「木曾谷忍びの竜炎か。年寄りを侮ると煮え湯を飲む事になる……」

嘉平は、楽しそうに笑いながら萬力鎖を絞めた。

「お、おのれ……」

竜炎は、眼を剝《む》いて踠《もが》いた。

「死ね……」

黒木平蔵は、竜炎の苦無を握る手を押さえて大きく捻《ね》じ曲げた。

竜炎は、己の苦無を腹に突き刺し、呆然とした面持ちで崩れ落ちた。

「口程《くちほど》にもない……」

平蔵は苦笑した。

「何が竜炎だ。木曾谷忍びの下郎の分際《ぶんざい》で年寄りを嘗《な》めやがって……」

嘉平は吐き棄てた。

「さあて、日が暮れたら素っ裸にして隅田川《すみだがわ》に放り込むか……」

黒木平蔵は、冷徹に云い放った。

「ああ。そいつが良いだろう……」

嘉平は笑った。

柳森稲荷の参拝客は途絶え、鳥居前の空き地に並ぶ古着屋、古道具屋、七味唐辛子売りは店仕舞いを始めていた。

奥にある葦簀掛けの飲み屋の縁台には、遊び人や博奕打ちたちが集まり、安酒を楽しんでいた。

嘉平は、黒木平蔵と木曾谷忍びの竜炎の死体を始末し、柳森稲荷の葦簀掛けの飲み屋に戻っていた。

葦簀掛けの飲み屋には、酒を楽しむ本当の客の他に、はぐれ忍びが浪人や博奕打ちに扮して警戒をしていた。

左近は、柳森稲荷の本殿の屋根から日の暮れた空き地を眺めた。

木曾谷忍びの見張りはいない……。

左近は見定めた。

木曾谷忍びの赤竜は、攻撃に失敗して以来、名古屋藩江戸中屋敷の護りを固めているのかもしれない。

左近は読んだ。

葦簀掛けの飲み屋の縁台からは、楽し気に安酒を飲む者たちの賑やかな笑い声が響いた。

三

名古屋藩江戸中屋敷は、木曾谷忍びの結界に護られていた。

重臣屋敷の一室には、燭台の小さな灯りが黒光りした床に映《は》えていた。

燭台の小さな明かりが揺れた。

「竜海坊か……」

赤竜の声がした。

「はい……」

隅の闇が揺れ、竜海坊が現われた。

赤竜は、上座の闇に浮かび上がった。

「赤竜さま……」

竜海坊は平伏した。

「竜海坊、御前さまが成瀬正寿に逢いたいと申し入れたそうだ」

赤竜は告げた。

「御前さまが……」

竜海坊は、微かな戸惑いを浮かべた。

「うむ。犬山藩が我ら木曾谷忍びの攻めに頑強《がんきよう》に耐え、容易に埒が明かぬ事に苛立たれたようだ……」

赤竜は苦笑した。

「左様ですか。して、犬山藩は……」

竜海坊は、犬山藩の出方を尋ねた。

「所詮、犬山藩成瀬家は尾張名古屋藩徳川家の付け家老の家柄、主筋《しゆうすじ》の御前さまの申し入れを断る筈もあるまい」

赤竜は読んだ。

「成る程、それで赤竜さま。御前さまは成瀬正寿さまにお逢いになり、何を……」

竜海坊は、御前さまと呼ばれる藩主斉温の叔父である宗朝の狙いを読もうとした。

「分からないのはそこだが、成瀬正寿と逢い、此のまま何事もなかったかのように矛《ほこ》を納めるか、それとも……」

赤竜は、冷ややかな笑みを浮かべた。

「討ち果たしますか……」

竜海坊は、赤竜を見据えた。

「さあて。その辺りは、御前さまの腹一つだが……」

「目付頭の津坂兵部と江戸のはぐれ忍びが黙ってはおりますまい。下手をすれば、御前さまの首を……」

竜海坊は睨んだ。

「狙うか……」

赤竜は頷いた。

「必ず……」

竜海坊は頷いた。

「ならば、竜海坊。犬山藩江戸上屋敷から眼を離すな」

赤竜は命じた。

床に映える燭台の火は瞬《またた》いた。

「して、正寿さまは何と……」

黒木平蔵は眉をひそめた。

「うむ。宗朝さまは如何《いか》に此度の騒動の元凶とはいえ、我が殿の主筋の一人。逢わぬ訳には参らぬだろうと……」

津坂兵部は、厳しさを過ぎらせた。

「ならば……」

黒木平蔵は、喉を鳴らした。

「うむ。お逢いになると……」

津坂兵部は頷いた。

「おのれ。宗朝の下手な企てと知りながら乗るしかないのか……」

黒木平蔵は苛立った。

「平蔵、陰謀と知っていて乗る企て、日暮左近たちははぐれ忍びと考えてくれ。此の通りだ。頼む」

津坂兵部は、黒木平蔵に頭を下げた。

「知っていて乗る企てか……」

「ああ……」

津坂兵部は、必死の面持ちで頷いた。

「兵部、宗朝は正寿さまと何処で逢おうと云うのだ……」

黒木平蔵は眉をひそめた。

「中屋敷の茶室だ」

津坂兵部は、苦し気に告げた。

「中屋敷の茶室……」

黒木平蔵は、思わず訊き返した。

「ああ……」

「まるで、敵陣の真ん中だな……」

黒木平蔵は呆れた。

「左様……」

津坂兵部は項垂《うなだ》れた。


「して、宗朝とはいつ何処で逢うのです」

左近は尋ねた。

「明後日の未《ひつじ》の刻八つ（午後二時）。場所は名古屋藩江戸中屋敷の茶室……」

黒木平蔵は告げた。

「そうですか……」

左近は頷いた。

「うむ。宗朝の奴、此度は此の辺りで手打ちにする気か、それとも毒入りの茶でも振る舞うつもりなのか……」

黒木平蔵は眉をひそめた。

「成る程。犬山藩に何かと因縁を付けて来る宗朝、どのような卑劣な真似を企てているのか、分からないか……」

左近は読んだ。

「左様……」

黒木平蔵は、怒りを滲ませた。

「尾張名古屋藩か……」

左近は苦笑した。

「左近どの……」

黒木平蔵は、微かな戸惑いを過ぎらせた。

「黒木さん、宗朝がどのような事を企てているかは分からぬが、その企てを封じるほかありますまい……」

左近は、嘲りを浮かべた。

「宗朝の企てを封じる……」

黒木平蔵は、戸惑いを浮かべた。

「如何《いか》にも……」

左近は頷いた。

「手立ては……」

「尾張名古屋藩、御三家、天下の大藩。それ故に護らなければならぬものは、小藩の犬山藩に比べれば、山のようにある……」

左近は、冷笑を浮かべた。

「左近どの……」

「江戸のはぐれ忍びの恐ろしさ、思い知らせてくれる……」

左近は、不敵に云い放った。


犬山藩江戸上屋敷は、小平太、烏坊、猿若たち秩父忍びによって護られていた。

小平太、烏坊、猿若の警戒は厳しく、木曾谷忍びたちの付け入る隙はなかった。

左近は、犬山藩江戸上屋敷の護りを黒木平蔵と小平太、烏坊、猿若に任せ、外濠に架かっている四谷御門に向かった。


四谷御門を渡った左近は、外濠沿いを市谷《いちがや》御門に進んだ。

やがて、市谷御門外に尾張国名古屋藩六十二万石の江戸上屋敷の大屋根が見えて来た。

左近は、名古屋藩江戸上屋敷を窺いながらその前を通り抜けた。

江戸上屋敷は広大な敷地を誇り、その警戒も緩く、万全とは云えなかった。

成る程……。

左近は、名古屋藩江戸上屋敷を眺めて苦笑した。

名古屋藩は、市谷御門外に江戸上屋敷、四谷御門内に江戸中屋敷。大久保戸山《おおくぼとやま》に江戸下屋敷、他に蔵屋敷などがある。

〝御前〟と呼ばれる藩主斉温の叔父の宗朝は、普段は大久保戸山の広大な江戸下屋敷で暮らしている。

左近は、市谷御門外の江戸上屋敷から大久保戸山の江戸下屋敷に廻り、名古屋藩の江戸屋敷を見て歩いた。

上屋敷、中屋敷、下屋敷……。

名古屋藩の各江戸屋敷は、豪壮《ごうそう》さと広大さを誇っていた。

流石《さすが》は御三家筆頭……。

そいつが強みでもあり、弱みでもある……。

左近は苦笑した。

神田川の流れは煌めいた。

柳原通りの柳並木の緑の枝葉は、吹き抜ける微風に揺れていた。

柳森稲荷には参拝客が訪れ、連なる古着屋、古道具屋、七味唐辛子売りには冷やかし客が行き交っていた。

左近は眺めた。

木曾谷忍びと思われる者は窺えない……。

左近は見定め、空き地の奥にある葦簀掛けの飲み屋に向かった。


「邪魔をする……」

左近は、葦簀掛けの飲み屋に入った。

「おう……」

嘉平は、左近を迎えた。

「頼みがある……」

左近は笑い掛けた。

「うん。何だい……」

「火薬を操るはぐれ忍び、いるかな……」

左近は尋ねた。

「火薬を操るはぐれ忍びか……」

嘉平は眉をひそめた。

「ああ……」

左近は頷いた。

「名古屋藩の中屋敷でも吹き飛ばすか……」

嘉平は苦笑した。

「いや。いるのなら、賑やかに花火を打ち上げてもらう」

「花火……」

嘉平は戸惑った。

「ああ……」

左近は笑った。

夜風が吹き抜け、外濠に小波が走った。

左近は、神田川沿いの道を小石川《こいしかわ》御門から牛込《うしごめ》御門に進んだ。

人影は柳森稲荷を出た時から尾行《つけ》て来る……。

左近は苦笑し、それとなく人影を誘った。

人影は、気が付かれているとも知らず、左近の誘いに乗って尾行て来ていた。

木曾谷忍び……。

左近は見定め、牛込御門外の神楽坂《かぐらざか》を上がった。

人影は、左近を追って神楽坂に進んだ。

木曾谷忍びの竜雲だった。

竜雲は、左近が木曾谷に走ったと聞いて後を追ったが、途中で嘉平に誑《たぶら》かされたと気が付き、慌てて引き返して来た。そして、柳森稲荷から出て来た左近を追った。

左近は神楽坂を上がり、牛込肴町《さかなちょう》を寺町に入った。

木曾谷忍びは尾行て来る。

左近は、連なる寺の裏手に廻り、古い土塀沿いを進んで角を曲がった。

木曾谷忍びは足取りを速め、古い土塀沿いの道の角を曲がった。

刹那、背後に左近が現われて竜雲の首を絞めた。

竜雲は凍《い》て付いた。

「木曾谷忍びだな……」

左近は囁いた。

竜雲は、苦しく踠《もが》きながら頷いた。

「名は……」

「り、竜雲……」

竜雲は、嗄れ声を引き攣《つ》らせながら苦無《くない》を振るった。

左近は、咄嗟に跳び退いた。

竜雲は、苦無を翳《かざ》して左近に襲い掛かった。

次の瞬間、左近は棒手裏剣を放った。

棒手裏剣は、竜雲の喉元に深々と突き刺さった。

竜雲は、両眼を見開き、呆然とした面持ちで仰向けに倒れた。

左近は、小さな吐息を洩らして周囲を見廻した。

古い土塀沿いの道の先には、数え切れない程の墓標が月明かりに浮かんでいた。

南無阿弥陀仏……。

左近の微かな呟きが、蒼白い月明かりを浴びている墓地に洩れた。

尾張徳川宗朝と犬山藩藩主で名古屋藩付け家老の成瀬正寿が、名古屋藩江戸中屋敷の茶室で逢う日が来た。

左近は、犬山藩江戸上屋敷の警戒を黒木平蔵と小平太、烏坊、猿若に任せ、成瀬正寿が名古屋藩藩主斉温の叔父である宗朝こと〝御前さま〟と逢う手筈を整えた。

「左近どの、抜かりはあるまいな……」

目付頭の津坂兵部は、緊張した面持ちで左近に尋ねた。

「心配は無用……」

左近は笑った。

「そうか……」

津坂兵部は、落ち着かない面持ちで頷いた。

「左様。万が一、宗朝が正寿さまの首を獲ろうとの気配を見せれば、如何に御三家筆頭の尾張名古屋藩でも只《ただ》では済まぬ事態に叩き込まれる……」

左近は笑顔で告げた。

「御三家筆頭尾張名古屋藩でも只では済まぬ事態……」

津坂兵部は眉をひそめた。

「ええ……」

左近は、不敵に笑った。

未の刻八つが近付いた。

左近は、成瀬正寿近習《きんじゅう》役として目付頭津坂兵部と共に名古屋藩江戸中屋敷に向かった。

名古屋藩江戸中屋敷は、赤竜によって木曾谷忍びの結界が張られ、緊張に満ち溢《あふ》れていた。

成瀬正寿は、中屋敷の家来に誘《いざな》われ、津坂兵部と左近を従えて奥御殿の茶室に進んだ。

茶室に進むにつれて緊張感は満ち溢れ、殺気に変わっていった。

左近は、成瀬正寿を護って油断なく進んだ。

次第に膨《ふく》れ上がる殺気は、木曾谷忍びのものだった。

嵩《かさ》にかかって脅すのも今の内だ……。

左近は嘲笑した。

鹿威《ししおど》しの甲高い音が奥庭に鳴り響いた。

茶室のある棟は奥御殿と渡り廊下で結ばれ、控之間《ひかえのま》や仕度《したく》之間などがあった。

成瀬正寿は、津坂兵部と左近を従えて控之間に通された。

控之間は、奥庭に面して雨戸が開け放たれ、江戸中屋敷の家臣たちが僅かな人数で警備をしていた。

左近は、茶室の棟と奥庭の様子を窺った。

奥庭には木曾谷忍びの頭赤竜配下の者たちが十重《とえ》二十重《はたえ》に忍び、茶室の棟を取り囲んでいた。

「左近どの……」

津坂兵部は、緊張を漲《みなぎ》らせた。

「殿、津坂どの。敵がどのような策を巡《めぐ》らそうが、我らが敵ではありません……」

左近は、不敵な笑みを浮かべた。

「左近。いざとなれば、江戸のはぐれ忍びが動くか……」

成瀬正寿は、左近の不敵な笑みを読んだ。

「はい。江戸に潜むはぐれ忍びが一斉に動けば、如何に尾張名古屋藩であっても叩きのめされ、滅び去るかもしれませぬ」

左近は、楽し気に告げた。

「はぐれ忍び、それ程のものか……」

成瀬正寿は、戸惑いを浮かべた。

「はい……」

左近は頷いた。

未の刻八つが訪れた。

中屋敷の家臣がやって来た。

「成瀬さま。宗朝さま、お見えにございます」

家臣は報せた。

「うむ……」

成瀬正寿は平伏した。

津坂兵部と左近が続いた。

肥った中年武士が二人の家来を従えて控之間に現われ、成瀬正寿の前に座った。

「宗朝さまには御機嫌麗《うるわ》しく……」

正寿は、宗朝に時候《じこう》の挨拶をした。

「うむ。正寿、皆の者、面《おもて》をあげい……」

宗朝は告げた。

「はっ……」

成瀬正寿は、宗朝を見詰めた。

津坂兵部と左近は続いた。

肥った中年の武士が藩主斉温の叔父であり、犬山藩藩主の座を狙っている宗朝だった。

左近は、宗朝と背後に控えている二人の近習を見据えた。

「さあて、正寿。犬山藩に纏《まつ》わる様々な噂、何処まで本当なのかな……」

宗朝は、成瀬正寿に探る眼を向けた。

「宗朝さま、噂は所詮、噂にございます」

成瀬正寿は冷笑した。

「ならば、公儀大目付水野主水正が残したという尾張探索覚は……」

「そのようなもの……」

成瀬正寿は一笑《いっしょう》に付し、突っ撥ねた。

「何……」

宗朝は眉をひそめた。

殺気が湧いた。

左近は、嘲りを浮かべた。

刹那、奥庭の一隅から花火が打ち上がった。

殺気が揺れ、中屋敷の家来たちは驚いた。

火矢が飛来し、四阿《あずまや》の屋根に射込まれた。

家臣たちは、激しく狼狽えて消火に走った。

宗朝と近習、潜んでいる赤竜たち木曾谷忍びは戸惑い、呆然とした。

「名古屋藩は流石に大藩。此の中屋敷は無論、市谷の上屋敷に大久保戸山の下屋敷、何処から火の手があがるのか……」

左近は、笑顔で脅した。

四

駆け付けた中屋敷の家来や小者たちは、慌てて奥庭の四阿の屋根の火を消し止めた。

万が一、火薬が仕掛けられていたなら四阿の屋根だけでは済まなかった筈だ。

火事は公儀の忌《い》み嫌うものだ。

その火事が、御三家尾張名古屋藩の江戸屋敷から出たものとなれば、公儀の怒りは計り知れない。

「お、おのれ。赤竜……」

宗朝は激怒し、赤竜を呼んだ。

赤竜が現われ、木曾谷忍びが成瀬正寿、津坂兵部、左近を取り囲んだ。

「殺《や》るか……」

左近は苦笑し、成瀬正寿と津坂兵部を護って身構えた。

赤竜たち木曾谷忍びは、包囲を縮めた。

「さあて、火を噴くのは、此の中屋敷か市谷の上屋敷、それとも大久保戸山の下屋敷。何《いず》れにしろ、成瀬正寿さまの身に害が及んだ時、何処かの屋敷が容赦なく火を噴き、御公儀の厳しいお咎めは必定《ひつじょう》……」

左近は、蔑み哀れんだ。

「き、斬れ……」

宗朝は、嗄れ声を引き攣らせた。

木曾谷忍びは迫った。

刹那、若い家臣が現われ、左近たちに迫る木曾谷忍びを蹴散らした。

左近、成瀬正寿、津坂兵部は戸惑った。

「や、柳生蔵人《やぎゅうくらんど》どの……」

赤竜は、配下の木曾谷忍びを蹴散らした若い家臣に驚いた。

柳生蔵人……。

左近は、若い家臣が尾張柳生の柳生蔵人だと気が付いた。

「何をする、蔵人……」

宗朝は眉をひそめた。

「御前さま、下手な真似をすれば市谷、四谷、大久保にある名古屋藩江戸屋敷に一斉に火の手があがりますぞ……」

柳生蔵人は、静かに告げた。

「だ、黙れ。そのような戯言《ざれごと》、信じられるか……」

宗朝は、怒りを滲ませた。

「ならば、御前さま。江戸のはぐれ忍びの恐ろしさ。見定めますか……」

柳生蔵人は、宗朝を厳しく見据えた。

「く、蔵人……」

「どうあっても見定めると申されるのなら、此の柳生蔵人を斃してからにされるが良い……」

柳生蔵人は、宗朝や赤竜たちに向かって刀を抜き払った。

刀は鈍色《にびいろ》に輝いた。

赤竜たち木曾谷忍びは怯んだ。

「お、おのれ……」

宗朝は、悔し気に嗄れ声を震わせた。

「日暮左近、私は尾張徳川宗朝さま近習、柳生蔵人。成瀬正寿さま、津坂兵部どのと、早々に犬山藩江戸上屋敷に引き取り、江戸のはぐれ忍びの構えを解いていただきたい……」

蔵人は、左近を見据えた。

「尾張柳生の柳生蔵人どのか……」

左近は微笑んだ。

「此の通りだ……」

蔵人は、左近に頭を下げた。

「心得た。ならば、正寿さま、津坂兵部どの、此れでお暇《いとま》致しましょう」

左近は、成瀬正寿と津坂兵部を促した。

「うむ。では、殿……」

津坂兵部は、成瀬正寿を誘って茶室の棟から奥御殿に向かった。

木曾谷忍びたちが動こうとした。

刹那、蔵人が手裏剣を放った。

手裏剣は煌めき、先頭の木曾谷忍びの頬の肉を削《そ》ぎ、血を飛ばした。

先頭の木曾谷忍びは凍て付いた。

「ならば、何れまた……」

蔵人は、左近に告げた。

「うむ……」

左近は微笑んだ。

成瀬正寿は、津坂兵部に護られて奥御殿から表御殿に進んだ。

左近は殿を護り、油断なく続いて立ち去った。

「おのれ……」

宗朝は、怒りを露わにして座を立った。

二人の近習が、慌てて続いた。

蔵人と赤竜は、平伏して見送った。

「赤竜、配下の忍びを引き連れて木曾谷に戻るのだな……」

蔵人は、赤竜に冷ややかに告げて立ち去った。

「おのれ……」

赤竜は、悔し気に顔を歪めた。


犬山藩江戸上屋敷には、殿さま成瀬正寿が無事に戻って安堵が広がった。

左近と津坂兵部は、黒木平蔵、小平太、烏坊、猿若に屋敷の護りを固めさせた。

嘉平は、江戸のはぐれ忍びを名古屋藩の江戸屋敷に秘かに張り付かせたまま、犬山藩江戸上屋敷にやって来た。

「流石に愚かな宗朝も事の次第の恐ろしさに気が付いたようだな……」

嘉平は嘲笑した。

「いや、宗朝は愚かなままだ……」

左近は苦笑した。

「ほう。ならば何故……」

嘉平は、戸惑いを浮かべた。

「それなのだが、尾張柳生宗家《そうけ》の柳生蔵人が現われ、宗朝を厳しく諫《いさ》めてな」

左近は告げた。

「ほう。柳生蔵人か……」

「うむ。宗朝の近習の役目に就いているそうだ」

「ほう。宗朝の近習か……」

嘉平は眉をひそめた。

「うむ。流石の木曾谷忍びの赤竜も下手な真似は出来ないようだ」

左近は読んだ。

「尾張柳生の柳生蔵人、それ程の者か……」

嘉平は、厳しさを過ぎらせた。

「ああ。江戸のはぐれ忍び、迂闊《うかつ》に近付かぬ方が良い……」

左近は告げた。

「心得た。で、どうする……」

「さあて、宗朝と赤竜。次はどう出るか……」

左近は、想いを巡らせた。

「ならば、ぱっと撒き餌《まえ》でも撒いてやるか……」

嘉平は笑った。

「撒き餌か……」

左近は眉をひそめた。

宗朝は、盃を持つ手を震わせ、喉を鳴らして酒を飲んだ。

赤竜は身を潜め、宗朝の出方を窺った。

「おのれ、正寿。下手な真似をすれば、名古屋藩の江戸屋敷に火を放つとは……」

宗朝は、吐息混じりに怒りを露わにした。

「御前さま、すべては日暮左近なる江戸のはぐれ忍びの企てにございます」

赤竜は告げた。

「日暮左近……」

宗朝は眉をひそめた。

「はい。我が木曾谷忍びの多くの者共を斃し、御前さまの邪魔をしている得体《えたい》の知れぬ忍びにございます」

「おのれ……」

宗朝は熱《いき》り立った。

「それに……」

赤竜は、言葉を濁した。

「赤竜、それに何だ……」

宗朝は、苛立ちを過ぎらせた。

「は、はい……」

「構わぬ。早々に申してみよ」

宗朝は苛立った。

「はい。柳生蔵人さまにございます」

赤竜は告げた。

「柳生蔵人だと……」

「はい。尾張柳生宗家の柳生蔵人さま、日暮左近とは何やら通じているような……」

赤竜は、囁くように宗朝に告げた。

「何……」

宗朝は、戸惑いを浮かべた。

「いえ。確かな証拠《あかし》はございませぬが、柳生蔵人さまの昼間の動き、何やら……」

赤竜は、宗朝に同意を求める眼を向けた。

「おのれ……」

燭台の火は揺れ、宗朝の酒に濡れた唇を不気味に光らせた。


翌日。

宗朝は、柳生蔵人たち近習の者たちを従えて日頃暮らしている大久保戸山の名古屋藩江戸下屋敷に向かった。

左近は、小平太、烏坊、猿若に四谷の中屋敷に残った木曾谷忍びの赤竜たちを警戒させ、宗朝一行を追った。

宗朝一行は、四谷から青梅《おうめ》街道を進んで大久保戸山の名古屋藩江戸下屋敷に進んだ。

左近は尾行《つけ》た。

赤竜は、竜光たち木曾谷忍びを影供《かげとも》として宗朝の警護をさせた。

はぐれ忍びの襲撃を警戒しているのか……。

左近は、影供の木曾谷忍びの中に托鉢坊主の竜海坊がいるのに気が付いた。

托鉢坊主の竜海坊……。

左近は、竜海坊を見守った。

宗朝一行は、何事もなく名古屋藩江戸下屋敷に到着した。

托鉢坊主の竜海坊たち影供は、広大な江戸下屋敷内に散り、宗朝警護の役目に就いた。

左近は、竜海坊を追って下屋敷に侵入した。

名古屋藩江戸下屋敷は、数少ない家来たちの警戒だけで手薄だった。

竜海坊は、植え込み伝いに表御殿に進んだ。

左近は、竜海坊を尾行た。

竜海坊は、表御殿脇に並ぶ土蔵の裏で薄汚れた衣《ころも》を脱ぎ、手拭いで頬被りをした小者に形《なり》を変えた。

何をする気だ……。

左近は、戸惑いながらも土蔵の屋根から見守った。

竜海坊は、小者に形を変えて厩《うまや》に進んだ。

左近は追った。

厩には数頭の馬がおり、家来や小者たちが世話をしていた。

竜海坊は、小者たちに混じって馬の世話を始めた。

竜海坊の馬の世話に変わった様子は窺えなかった。

左近は見守った。

若い武士が表御殿から現われ、馬の世話をしている竜海坊に声を掛けた。

柳生蔵人……。

左近は、竜海坊に声を掛けた若い武士が柳生蔵人だと気が付いた。

柳生蔵人と竜海坊は、馬の世話をしながら何事か言葉を交わした。

左近は、己の気配を消して柳生蔵人と竜海坊の様子を見守った。

柳生蔵人と竜海坊は、取り立てて親し気な様子も見せず、言葉を交わしながら馬の世話をし続けた。

左近は見守った。

〝宗朝……〟〝赤竜……〟〝木曾谷幻竜斎……〟〝殺す……〟〝大人しく……〟。

話の内容は分からぬが、交わされた幾つかの言葉は分かった。

僅かな刻が過ぎた。
柳生蔵人は、竜海坊と話を終えて奥御殿に戻って行った。
竜海坊は見送り、空になった手桶を持って厩を出た。
左近は、竜海坊を見守った。

竜海坊は、土蔵の裏で托鉢坊主の形に戻り、名古屋藩江戸下屋敷を後にした。
竜海坊は何をしているのか……。
左近は、竜海坊の動きが気になり、後を追った。
托鉢坊主の竜海坊は、四谷御門の名古屋藩江戸中屋敷に向かった。
左近は尾行た。
男たちの読経《どきょう》が聞こえた。
殺気……。
左近は緊張した。
竜海坊は立ち止まった。
十人の托鉢坊主が経を読みながら現われ、竜海坊を取り囲んだ。

竜海坊は苦笑し、取り囲んだ托鉢坊主たちに促されて歩き出した。

まさか……。

左近は、竜海坊を取り囲んだ托鉢坊主たちが木曾谷忍びだと気が付いた。

どうした……。

左近は戸惑った。


竜海坊は、十人の托鉢坊主に取り囲まれて古寺の裏に誘われて行った。

左近は、古寺の本堂の屋根の上から見守った。

「竜海坊、己は何をしているのだ……」

取り囲んだ托鉢坊主の頭分の竜光が、竜海坊に迫った。

「竜光、俺は赤竜さまの指図通りに動いているだけだ」

竜海坊は苦笑した。

「ならば、柳生蔵人さまと何を話していた」

竜光は、竜海坊を厳しく見据えた。

「柳生蔵人さまとは、宗朝さまを惑わし、名古屋藩を混乱に陥れようとする者共を……」

「黙れ、竜海坊。赤竜さまは、己が柳生蔵人と共に宗朝さまの願いの邪魔を企てていると見抜かれている」

竜光は、竜海坊を睨み付けた。

刹那、托鉢坊主たちは錫杖《しゃくじょう》の仕込刀《しこみがたな》を抜き、竜海坊に一斉に斬り掛かった。

竜海坊は、薄汚い衣を脱ぎ棄てて地を蹴り、宙に跳んで手裏剣を放った。

托鉢坊主たちは跳び退いた。

竜海坊は、着地と同時に錫杖に仕込んだ直刀を閃かせた。

托鉢坊主の一人は、血を飛ばして倒れた。

竜海坊は走った。

「おのれ……」

竜光たち托鉢坊主は、十字手裏剣を放った。

竜海坊は、背中に幾つかの十字手裏剣を受けて前のめりに倒れた。

「殺せ……」

竜光たち托鉢坊主が仕込刀を翳し、倒れた竜海坊に殺到した。

刹那、古寺の本堂の屋根から棒手裏剣が飛来し、先頭の托鉢坊主が弾き飛ばされた。

竜光たちは、驚き怯んだ。
本堂の屋根から左近が跳んだ。
左近は、無明刀を抜き放ちながら着地した。
無明刀は閃いた。
二人の托鉢坊主が手足を斬られ、血を飛ばして転がり倒れた。
左近は、倒れている竜海坊を庇い、托鉢坊主たちを斬り棄てて竜光に鋭く迫った。
竜光は、大きく跳び退きながら炸裂弾を放った。
托鉢坊主たちは伏せた。
鈍い音が鳴り、爆風が煙を巻いて周囲に飛んだ。
僅かな刻が過ぎ、爆風が治まった。
左近と竜海坊は消えていた。
「おのれ……」
竜光は、悔しさと無念さを露わにした。
風が吹き抜け、木々の梢が鳴った。

竜海坊の背の十字手裏剣の傷は幾つもあり、命に拘わりそうな深手《ふかで》は二つあった。

左近は、竜海坊を犬山藩江戸上屋敷の傍の秦泉寺《じんせんじ》の家作《かさく》に担ぎ込んだ。

秦泉寺住職の応快《おうかい》は医術の心得もあり、左近と共に竜海坊の傷の手当てを始めた。

幸いな事に十字手裏剣に毒は塗られておらず、二つの深い傷の化膿と熱だけが恐れるものだった。

「生きるか死ぬか、此処《ここ》二、三日が勝負だな」

住職応快は、意識を失ったままの竜海坊に眉をひそめた。

「うむ……」

竜海坊の傷の読みは、左近も同じだった。

それにしても、赤竜は何故に配下の竜海坊を襲わせたのか……。

竜海坊は、木曾谷忍びを裏切っていたのかもしれない。

裏切りには柳生蔵人が拘わっているのか……。

左近は、想いを巡らせた。

「何、白竜が来る……」

赤竜は眉をひそめた。

「はっ。お館幻竜斎さま、事を急がれ、白竜さまを急ぎ出府《しゅっぷ》させたそうにございます」

木曾谷忍びは報せた。

「そうか……」

赤竜は、噴き出さんばかりの悔しさと無念さを懸命に抑えた。

白竜が来て事が決着すれば、赤竜は役立たずの用無しとして葬られるのは明白だ。

おのれ。そうはさせぬ……。

赤竜は、激しい怒りに震えた。

第四章　赤い天道虫

一

「竜海坊が……」

嘉平は眉をひそめた。

「うむ。どうやら木曾谷忍び、宗朝と成瀬正寿の話し合いの失敗以来、いろいろとあるようだ」

左近は告げた。

「赤竜、焦っているか……」

嘉平は読んだ。

「うむ。何を仕掛けてくるか。父っつあんも気を付けるのだな」

「ああ……」

嘉平は頷いた。

次の瞬間、張り巡らされた葦簀が小さく鳴った。

左近は、小さく鳴った葦簀を見た。

葦簀には、赤い天道虫が止まっていた。

陽炎……。

左近は眉をひそめた。

「どうした……」

「う、うん。父っつあん、今日は此れ迄だ」

「うむ……」

左近は、葦簀掛けの飲み屋の裏から素早く出て行った。


神田川には荷船が行き交っていた。

左近は、柳森稲荷前の空き地の裏から和泉橋の下にある船着場に進んだ。

船着場には屋根船が舫《もや》われていた。

左近は、屋根船の閉められた障子に赤い天道虫を飛ばした。

赤い天道虫は、屋根船の障子に張り付いた。

屋根船の障子が開いた。

左近は、素早く障子の内に入った。


「どうした……」

左近は、茶を淹《い》れている陽炎に尋ねた。

「うむ。どうやら、木曾谷から白竜と称する頭が江戸に来るそうだ……」

陽炎は、淹れた茶を左近に出しながら告げた。

「木曾谷忍びの白竜……」

左近は眉をひそめた。

「うむ。知り合いから報せがあった」

陽炎は、弱小流派の秩父忍びの道統を護る為、諜《ちよう》報《ほう》に力を注いでいた。

「そうか。木曾谷忍びの白竜が来るか……」

左近は、薄く笑った。

「赤竜も穏やかではあるまい……」

陽炎は苦笑した。

「うむ。して、黒木佐奈は……」

「蛍と鉄砲洲の寮で大人しくしている」

陽炎は微笑んだ。

「そいつは良かった……」

左近は頷いた。

「何かするのか……」

陽炎は、左近の出方を窺った。

「うむ……」

左近は、不敵な笑みを浮かべた。


夜。

小平太、烏坊、猿若は、犬山藩江戸上屋敷の屋根に潜み、名古屋藩江戸中屋敷を見張っていた。

名古屋藩江戸中屋敷は闇と静寂に沈み、木曾谷忍びの厳しい結界に護られていた。

小平太は、背後の闇に微かな人の気配を感じた。

左近が背後の闇に浮かんだ。

「左近さま……」

小平太は迎えた。

「変わりはないようだな……」

「はい。赤竜は護りを固め、白竜の先触れは未だ現われてはいません」

小平太は告げた。

「そうか……」

「ええ。白竜、赤竜の腹の内、出方を見定めもせずに来る程、不用心でも迂闊でもありません。必ず何らかの先触れがある筈です」

小平太は読んだ。

「うむ。ならば、手筈通りにな……」

左近は頷いた。

「はい。左近さま……」

小平太は、名古屋藩江戸中屋敷の土塀沿いの道を示した。

外濠の喰違から四谷御門に掛けての闇が揺れた。

「漸《よう》く来たか……」

左近は苦笑した。

「ええ。どうやら……」

小平太は頷いた。

「よし。白竜配下の忍びは、赤竜のいる中屋敷に入って消息を絶った。良いな」

「心得ました」

「行くぞ……」

左近は、犬山藩江戸上屋敷の屋根から跳んだ。

小平太が続いた。


波紋は外濠に重なりながら広がった。

忍び装束の二人の男は、喰違から紀尾井坂に進み、名古屋藩江戸中屋敷の土塀沿いの道をやって来た。

名古屋藩江戸中屋敷の木曾谷忍びの結界は、緩みなく張られていた。

二人の木曾谷忍びは進んだ。

「赤竜さま、我ら白竜さまの先触れが来るのは分かっている筈だな」

「うむ。それにしては、招き口の窺えない厳しい結界だな」

どんな結界にも仲間の為の出入口はある。
「赤竜さま、白竜さまが来るのが、面白くないのだろう」
二人の木曾谷忍びは苦笑した。
刹那《せつな》、暗い外濠に小さな水音がした。
二人の木曾谷忍びは、暗い外濠を見た。
暗い外濠に人影が揺れた。
二人の木曾谷忍びは戸惑い、堀端に進んで暗い外濠を窺った。
刹那、暗い外濠から左近が跳び出した。
二人の木曾谷忍びは怯んだ。
次の瞬間、小平太が二人の木曾谷忍びに襲い掛かった。
二人の木曾谷忍びは、不意を衝《つ》かれて小平太と縺《もつ》れるように外濠に落ちた。
外濠に水音は鳴らず、水飛沫も跳ね上がらなかった。
暗い静寂が訪れた。
二人の木曾谷忍びは、小平太や左近と共に消え去った。
名古屋藩江戸中屋敷から木曾谷忍びが現われ、辺りに消えた仲間を捜した。
「いたか……」

「いない……」

「白竜さまの先触れ、来たのは間違いないのだな……」

「ああ……」

「ならば、何処に行ったのだ。捜せ……」

木曾谷忍びたちは、緊張した面持ちで堀端の闇に消えた。


「消えた……」

木曾谷忍びの頭の白竜は、戸惑いを浮かべた。

「はい。名古屋藩江戸中屋敷は外濠沿いの土塀の結界の傍に行き……」

白竜配下の木曾谷忍びは告げた。

「先触れの二人、消えたのか……」

白竜は眉をひそめた。

「はい……」

「中屋敷の木曾谷忍びはどう云っているのだ」

白竜は尋ねた。

「それが、土塀の傍をやって来て不意に消えたそうです」

「不意にな……」

「はい……」

「おのれ、赤竜……」

白竜は、冷笑を浮かべた。

「お頭……」

「赤竜、我らが来たのが面白くなく、邪魔を仕掛けて来たのかもしれぬ」

白竜は読んだ。

「もし、そうなら、二人の先触れは……」

配下の忍びは、厳しさを滲ませた。

「ああ。赤竜が始末したのかもしれぬ……」

「もし、そうでしたら如何《いかが》致しますか……」

配下の忍びは、白竜の出方を窺った。

「江戸にいる木曾谷忍びを纏める為には、邪魔な奴は葬るしかあるまい……」

白竜は、冷たく云い放った。

名古屋藩江戸中屋敷表門前の闇が揺れ、白竜が僅かな手勢を従えて現われた。

表門と土塀の結界が揺れた。

結界を張っていた木曾谷忍びたちが、表門に素早く動いたのだ。


小平太は、名古屋藩江戸中屋敷の外濠沿いの土塀の下に忍んだ。

左近が、外濠に小石を投げ込んだ。

外濠に小さな音が鳴った。

土塀の内側から木曾谷忍びが現われ、身を乗り出して外濠を透かし見た。

刹那、小平太が土塀の下から手を伸ばして木曾谷忍びを捕まえた。

左近が跳び掛かり、小平太の捕まえた木曾谷忍びの脾腹《ひばら》に拳を叩き込んだ。

木曾谷忍びは、踠《もが》く暇もなく気を失った。

左近と小平太は素早く土塀を乗り越えて、気を失った木曾谷忍びを座らせた。

木曾谷忍びは、外濠に向かっての警戒の態勢を取った。

左近と小平太は、辺りの結界の注意が表門に向いているのを見定め、音もなく中屋敷の奥に忍び込んだ。


名古屋藩江戸中屋敷の表門が開いた。

木曾谷忍びの頭白竜は、僅かな手勢を従えて表門を潜った。

表門は低い軋《きし》みを鳴らして閉まり、夜の闇を揺らした。


赤竜が現われた。

前庭には、白竜と僅かな手勢が木曾谷忍びに囲まれていた。

「やあ。良く来たな。白竜……」

赤竜は、笑顔で白竜を迎えた。

「うむ。赤竜、出迎え、ご苦労。後は引き受けた」

白竜は鷹揚《おうよう》に頷き、赤竜の上手を取った。

「白竜……」

赤竜は、微かな苛立ちを滲ませた。

「赤竜、我が先触れはどうした」

白竜は、咎めるように尋ねた。

「知らぬ。お主の先触れ、道にでも迷っているのだろう」

赤竜は嘲笑した。

「赤竜、おのれ、木曾谷忍びでありながら仲間を愚弄《ぐろう》するか……」

白竜は怒鳴り、完全に上手を取った。

「ま、待て、白竜……」

赤竜は狼狽《うろた》えた。

「黙れ……」

白竜は、赤竜に向かって身構えた。

僅かな白竜の手勢は倣《なら》った。

木曾谷忍びは、迷い躊躇《ためら》い混乱した。

「手出しは無用……」

白竜は制した。

木曾谷忍びたちは、微かな安堵を滲ませた。

「赤竜、木曾谷忍びの頭でありながら配下の者共を侮り、愚弄するのは許せぬ所業。此の白竜が討ち果たしてくれる」

白竜は云い放ち、赤竜に猛然と十字手裏剣を投げた。

煌めきが飛んだ。

赤竜は地を蹴り、表御殿の屋根に大きく跳んだ。

白竜は、赤竜を追って表御殿の屋根に跳んだ。

赤竜と白竜は、表御殿の屋根で対峙した。

「赤竜、まんまと墓穴《ぼけつ》を掘ったな。お前の役目は此れ迄だ……」

白竜は嘲笑した。

「おのれ、白竜……」

赤竜は怒りに塗《まみ》れ、手鉾《てぼこ》で猛然と白竜に斬り掛かった。

手鉾は唸りを上げた。

白竜は、千鳥鉄を一閃した。

千鳥鉄の先から分銅が現われ、赤竜に鎖を伸ばした。

赤竜は、飛来する分銅を咄嗟に手鉾で弾き飛ばした。

白竜は、弾き飛ばされた分銅を素早く廻し赤竜に迫った。

左近と小平太は、奥御殿の屋根に潜んで表御殿の屋根で闘う赤竜と白竜を見守った。

「仲間同士で殺し合うとは……」

小平太は眉をひそめた。

「小平太、忍びは所詮一人。命を懸けられる者以外とは手を組んではならぬ」

左近は告げた。

「はい……」

小平太は頷いた。

「さあて、此の始末、どうしてやるか……」

左近は、殺し合う白竜と赤竜を冷ややかに眺めた。


赤竜は、手鉾を唸らせた。

鈍色の輝きが縦横に走り、白竜は懸命に躱《かわ》しながら後退した。

「死ね……」

赤竜は、嵩《かさ》に掛かって手鉾を翳した。

刹那、白竜は千鳥鉄を振るった。

千鳥鉄の先から分銅が飛んだ。

赤竜は、分銅の鎖の長さを見切って躱そうとした。

だが、分銅は飛んだ。

赤竜は驚いた。

白竜の千鳥鉄から放たれた分銅には、鎖が付いていなかった。

赤竜は、咄嗟に躱そうとした。

だが、分銅は赤竜の下腹に叩き込まれた。

赤竜は、下腹を抱えて蹲《うずくま》った。

「此れ迄だ。赤竜……」

白竜は、千鳥鉄を構えて蹲った赤竜に跳び、鋭い石突《いしづき》を盆《ぼん》の窪《くぼ》に打ち込んだ。

赤竜は、僅かに仰け反り、押し潰されたように大屋根に這《は》い蹲《つくば》った。

「左近さま……」

小平太は、赤竜の死を見定めた。

「うむ。白竜、どうやら赤竜より一枚上手のようだな……」

左近は、冷ややかに笑った。

「はい。白竜、此れで江戸の木曾谷忍びを握りましたか……」

小平太は、表御殿の屋根を眺めた。

木曾谷忍びたちが現われ、赤竜の死体を片付け始めた。

「うむ。さあて、白竜、どんな采配を見せるか。よし、退くぞ」

「はい……」

左近と小平太は、名古屋藩江戸中屋敷の奥御殿の屋根から闇に消え去った。

尾張名古屋藩藩主斉温の叔父である宗朝は、家来筋である犬山藩三万五千石の強奪を企て、木曾谷忍びを使って闇に動き続けていた。

白竜は、宗朝にどのような進言をして犬山藩を攻撃するのか……。

左近は、木曾谷忍び頭の白竜の動きと柳生蔵人の動きを窺った。

宗朝近習の尾張柳生流の柳生蔵人は、冷徹な眼で事態を見守っていた。

托鉢坊主の竜海坊は命の危険な状態からは脱したが、意識の混濁《こんだく》は続いていた。

柳生蔵人と竜海坊の拘わり、そして何を企てているのか……。

左近は、想いを巡らせた。

何れにしろ白竜は、護りを固めるより積極的な攻めを仕掛けてくる筈だ。

左近は読み、小平太、烏坊、猿若、そして黒木平蔵と共に犬山藩江戸上屋敷の護りを固めた。

「そうか。木曾谷忍びの頭が白竜なる新手に代わり、一気に攻めて来るか……」

目付頭の津坂兵部は、緊張を露わにした。

「おそらく、明日か明後日……」

左近は頷いた。

「しかし、敵は新手でこっちは今のままの人数。大丈夫かな……」

黒木平蔵は眉をひそめた。

「それなのだが、次は黒木さんと嘉平の父っつあん、江戸のはぐれ忍びに犬山藩江戸上屋敷を護ってもらう」

左近は告げた。

「俺たちは……」

小平太は、身を乗り出した。

「白竜を斃し、木曾谷忍びを打ちのめす」

左近は告げた。

「そいつは良い……」

猿若と烏坊は勢い込んだ。

「左近さま……」

小平太は眉をひそめた。

「小平太、護りで肝要《かんよう》なのは攻めだ。烏坊と猿若にそいつを知ってもらう」

左近は、小さな笑みを浮かべた。

「分かりました……」

小平太は頷いた。

「左近さま、小平太の兄貴……」

烏坊と猿若は喜んだ。

「ならば小平太、烏坊、猿若。名古屋藩江戸中屋敷の木曾谷忍びの動きから眼を離すな」

左近は命じた。

二

「犬山藩江戸上屋敷に総攻撃を仕掛ける……」

宗朝は身を乗り出した。

「はい。そして、犬山藩江戸上屋敷を一気に押さえ、成瀬正寿さまを隠居させ、御前さまに家督《かとく》を譲らせる……」

白竜は、宗朝を見据えて告げた。

「分かった、白竜。能書きはもう良い。木曾谷忍びの名に懸け、余の望みを叶《かな》えてみろ」

宗朝は苛立った。

「ははっ……」

白竜は、宗朝の苛立ちと焦りを知って平伏した。

宗朝の望みを叶え、幻竜斎に代わって木曾谷忍びのお館になる……。

白竜は、腹の内で笑った。


夜。

犬山藩江戸上屋敷は闇の静寂に沈んでいた。

白竜は、名古屋藩江戸中屋敷の奥御殿の屋根から犬山藩江戸上屋敷を窺った。

闇の静寂に沈んでいる犬山藩江戸上屋敷の結界は緩く、穴だらけだった。

「竜光……」

白竜は、赤竜の小頭だった竜光に犬山藩江戸上屋敷に探りを入れるよう命じた。

「心得ました……」

竜光は頷き、犬山藩江戸上屋敷に向かった。

白竜は見守った。


尾張名古屋藩江戸中屋敷では、木曾谷忍びが搦手《からめて》に集まり、麴町通りの向こうの犬山藩江戸上屋敷に攻め込む仕度をしていた。

「おのれ、白竜め……」

黒木平蔵は、忍び装束に身を固めて名古屋藩江戸中屋敷を窺っていた。

「なあに、木曾谷の山猿。江戸のはぐれ忍びの恐ろしさ、思い知らせてくれる」

嘉平は、黒木平蔵の隣に現われた。

「手配り、終わったのか……」

「ああ。田舎忍びが力任せに攻め込んで来たところで何程の事もあるまい」

嘉平は笑った。

「そうか。ならば、成瀬正寿さまの身も安泰だな……」

黒木平蔵は頷いた。

「うむ。津坂の兵部さんたちが警護しているしな……」

「大丈夫か、兵部たちだけで……」

黒木平蔵は心配した。

「ああ。きっとな……」

嘉平は、小さな笑みを浮かべた。

犬山藩江戸上屋敷は、江戸のはぐれ忍びが張った結界を窺わせる事もなく夜の闇に沈んでいた。


「犬山藩江戸上屋敷に満足な結界は張られていないか……」

白竜は、犬山藩江戸上屋敷を眺めた。

「はい。犬山藩に抱え忍びはいなく、江戸のはぐれ忍びが僅かにいるだけです」

竜光は報せた。

「竜光、赤竜たちはその僅かな江戸のはぐれ忍びに煮え湯を飲まされて来たのだ。決して侮るな」

白竜は、厳しく命じた。

「はい……」

竜光は頷いた。

「よし。ならば四半刻《しはんとき》(三十分)後。手筈通りにな……」

白竜は命じた。

「はい。では……」

竜光は闇に消えた。

白竜は、闇に沈んでいる犬山藩江戸上屋敷に酷薄に笑い掛けた。


四半刻が過ぎた。

犬山藩江戸上屋敷に最も近いのは、名古屋藩江戸中屋敷の裏、搦手の土塀だった。

名古屋藩江戸中屋敷の搦手の土塀は、犬山藩江戸上屋敷の横手に近いが、結界に動きはなかった。

犬山藩江戸上屋敷の搦手、裏の土塀の闇が僅かに揺れた。

竜光たち木曾谷忍びが、僅かに揺れた闇から浮かぶように現われた。

竜光は、犬山藩江戸上屋敷の裏の土塀の結界を窺った。

結界は手薄で緩かった。

竜光は見定め、木曾谷忍びに目配せした。

木曾谷忍びたちは、一斉に裏の土塀に取り付いて乗り越えた。

木曾谷忍びたちは、裏の土塀の下に飛び降りて犬山藩江戸上屋敷を窺った。
犬山藩江戸上屋敷に変わった様子はない。
木曾谷忍びは、犬山藩江戸上屋敷に向かった。
刹那、弩《ど》の矢を射る弦《つる》の音が、続けざまに鳴った。
木曾谷忍びたちは、土塀に釘付けにされて愕然《がくぜん》とした。
弩の黒く塗られた矢が木曾谷忍びの腹や肩を射抜き、背後の土塀に釘付けにしたのだ。
木曾谷忍びは狼狽えた。
弩の弦が闇に鳴り続けた。
黒い弩の矢は闇から放たれ、土塀を乗り越えて来た木曾谷忍びを次々に射倒した。
嘉平と三人のはぐれ忍びは、黒い弩の矢を次々に射た。
木曾谷忍びは狼狽え、混乱した。
「おのれ……」
竜光は、怒りに震えた。

刹那、空を斬り裂く音が鳴り、闇から黒い翼を付けた烏坊が飛来した。
木曾谷忍びは驚いた。
烏坊は、夜空を飛びながら忍び刀を閃かせた。
閃光が縦横に走った。
烏坊が飛び抜けた後には、数人の木曾谷忍びが倒れていた。
木曾谷忍びは、犬山藩江戸上屋敷の横手の土塀の結界も破った。
刹那、土塀の下に潜んでいた江戸のはぐれ忍びが柄の長い薙鎌《なぎがま》や熊手を振るった。
結界を破った木曾谷忍びたちは、脚を草のように刈られて倒れた。
倒れた木曾谷忍びたちに、江戸のはぐれ忍びたちの様々な流派の手裏剣が投げられた。
木曾谷忍びは次々に倒れ、退いた。
木曾谷忍びたちは混乱した。
猿若が闇から現われ、土塀、屋根、木々の梢を獣のように跳び廻って苦無や大苦無を振るい、投げた。

木曾谷忍びたちは、闇を獣のように跳び廻る猿若に翻弄《ほんろう》され、倒された。

犬山藩江戸上屋敷の表門の結界は破られた。

木曾谷忍びたちは、音も立てずに表門と土塀から表御殿に進んだ。

刹那、木曾谷忍びたちの足許で幾つもの埋火《うめび》が炸裂した。

埋火とは、火薬や小石などを詰めた四角い箱を埋め、火を付けた火縄を仕込んだ細い竹を置き、踏んだら点火して炸裂する地雷だ。

木曾谷忍びたちは、前庭に埋められた埋火を踏み、炸裂した小石などを受けて倒れた。

黒木平蔵と江戸のはぐれ忍びは、倒れた木曽谷忍びに容赦なく襲い掛かった。

木曾谷忍びたちは怯み、侵入を躊躇《ためら》った。

小平太が背後に現われ、棒手裏剣を放ちながら忍び刀を閃かせ、旋風《つむじかぜ》のように駆け抜けた。

木曾谷忍びたちは背後を衝かれ、混乱の内に倒されていった。

江戸のはぐれ忍びの巧妙な闘いぶりと、小平太、烏坊、猿若の意表を突いた背後からの攻撃は、木曾谷忍びたちを翻弄した。

嘉平と黒木平蔵は、老いた五体を懸命に動かして闘った。

おのれ……。


白竜は、配下の忍びの者を従えて犬山藩江戸上屋敷に忍び込んだ。

そして、屋敷内の家来たちを倒し、近習たちに護られている成瀬正寿を捜した。

成瀬正寿は、表御殿の御座之間《ござのま》で目付頭の津坂兵部たちに護られていた。

「成瀬正寿、此れ迄だ……」

白竜は、近習たちを倒して成瀬正寿に迫った。

「おのれ、曲者《くせもの》……」

津坂兵部は、成瀬正寿を庇って身構えた。

「成瀬正寿、死にたくなければ大人しく隠居し、犬山藩三万五千石を宗朝さまに献上するのだな」

白竜は、嘲笑を浮かべて成瀬正寿に迫った。

刹那、棒手裏剣が唸りをあげて白竜に飛来した。

白竜は、咄嗟に躱した。

左近が天井から現われた。

白竜は身構えた。

「木曾谷忍びの白竜……」

左近は笑い掛けた。

「日暮左近か……」

白竜は緊張した。

「身の程を知らず、忍び込んで来た曲者。此処が墓場だと思え……」

左近は、冷徹に云い放った。

「黙れ……」

白竜は、千鳥鉄の分銅を放った。

左近は、飛来する千鳥鉄の分銅を身体を開いて躱し、無明刀を抜き打ちに一閃した。

千鳥鉄から伸びた鎖が両断され、分銅は天井に飛んだ。

白竜は怯んだ。
左近は、大きく踏み込んで無明刀の横薙ぎの一閃を鋭く放った。
白竜は、大きく跳び退いて御座之間を出た。
左近は追った。
成瀬正寿は、津坂兵部たちに護られて思わず座り込んだ。
木曾谷忍びの竜光が現われ、十字手裏剣を放った。
二人の近習が倒れた。
竜光は、忍び刀を構えて畳を蹴り、成瀬正寿に跳んだ。
「殿……」
津坂兵部は、咄嗟に成瀬正寿に抱き着いて倒れ込むように庇った。
竜光の忍び刀が閃き、津坂兵部の背から血が飛んだ。
「おのれ、邪魔立てするな」
竜光は、忍び刀を構えて正寿と津坂兵部に突進した。
次の瞬間、無数の赤い天道虫の礫《つぶて》が竜光に飛来した。
竜光は、赤い天道虫の礫に覆面を斬り裂かれ、頬に血を走らせて怯んだ。
忍び姿の陽炎が、天井から舞い降りた。

左近は、万が一に備えて成瀬正寿に陽炎を張り付けていた。

「おのれ、何者……」

竜光は身構えた。

「竜光、木曾谷忍びに名乗る名はない……」

陽炎は冷笑を浮かべ、無数の赤い天道虫を放った。

無数の赤い天道虫は、竜光を取り囲むように舞った。

竜光の覆面や忍び装束は斬り裂かれ、幾つかの赤い天道虫が身体に喰い込んだ。

竜光は、血塗れの顔を醜く歪めた。

陽炎は、冷笑を浮かべて苦無を抜いた。

竜光は、血塗れになって陽炎に襲い掛かろうとした。

「此れ迄だ……」

陽炎は、竜光に苦無を放った。

苦無は、鈍色の光を曳《ひ》いて竜光の喉に突き刺さった。

竜光は、仰向けに倒れて息絶えた。

陽炎は、竜光の死を見定め、背中を斬られた津坂兵部に駆け寄った。

「さ、左近どのの仲間か……」

津坂兵部は、苦し気に尋ねた。

「ああ。喋るな……」

陽炎は、津坂兵部の背中の傷を検《あらた》めた。

傷は大きいが、深くはなかった。

「大丈夫だ。傷は浅い……」

陽炎は声を励まし、津坂兵部の背中の傷の手当てを始めた。

「それは良かった。皆の者、怪我人の手当てを急げ……」

成瀬正寿は、近習たちに命じた。


犬山藩江戸上屋敷の屋根は、蒼白い月明かりを浴びて濡れたように輝いていた。

白竜は現われ、振り返った。

左近が追って現われた。

白竜は身構えた。

左近は、小さな笑みを浮かべて白竜に向かった。

白竜は、左近に十字手裏剣を投げた。

左近は、飛来した十字手裏剣を無明刀で弾き飛ばして進んだ。

白竜は、尚《なお》も十字手裏剣を放った。

左近は、飛来する十字手裏剣を無明刀で叩き落とし、白竜に迫った。

「おのれ……」

白竜は、左近に鋭く斬り掛かった。

左近は、無明刀を閃かせて激しく斬り結んだ。

刃が嚙み合い、火花が飛び散った。

左近と白竜は斬り結び、互いに大きく跳び退いて対峙した。

月は蒼白く輝いた。

白竜は、刀を八双《はっそう》に構えた。

左近は、無明刀を頭上高く真っ直ぐに構えた。

天衣無縫《てんいむほう》の構えだ。

隙だらけだ……。

白竜は、隙だらけの左近の天衣無縫の構えを腹の内で笑った。

左近は、静かに眼を閉じた。

貰った……。

白竜は、忍び刀を八双に構えて猛然と左近に走った。

左近は、無明刀を頭上高く構えて微動だにしなかった。
白竜は、殺気を漲《みなぎ》らせて走った。
殺気は左近を覆った。
白竜は、忍び刀を横薙ぎに放った。
剣は瞬速……。
無明斬刃《むみょうざんじん》……。
左近は、無明刀を真っ向から斬り下げた。
白刃の閃きが交錯《こうさく》した。
白竜は、左近と擦れ違った。
左近は、残心《ざんしん》の構えを取った。
血が滴り落ちた。
白竜は、額から血を滴らせて絶命し、ゆっくりと横倒しに崩れた。
左近は、小さな吐息を洩らし、残心の構えを解いた。
木曾谷忍びの攻撃は終わったのか、犬山藩江戸上屋敷は静寂に覆われていた。
嘉平と黒木平蔵たち江戸のはぐれ忍びの巧妙な仕掛けと、小平太、烏坊、猿若の背後からの攻撃は木曾谷忍びを翻弄して撃退した。

頭の白竜を斃され、生き残った木曾谷忍びは身を潜めた。

木曾谷忍びの攻撃は暫《しばら》くない……。

嘉平と黒木平蔵は睨み、矛《ほこ》を納めた。

木曾谷忍びは、頭の白竜が斃された事をお館の幻竜斎に報せた。

尾張名古屋藩藩主斉温の叔父である御前さまこと宗朝はどう出るのか……。

すべては、宗朝の妄執《もうしゅう》から始まった事だ。

左近は、宗朝の出方が気になった。

そこに托鉢坊主の竜海坊が漸く意識を取り戻したとの報せが、秦泉寺住職の応快から左近に届いた。

左近は、犬山藩江戸上屋敷近くの秦泉寺に急いだ。

寝間は、薬湯の匂いに満ちていた。

竜海坊は、蒼白く窶《やつ》れた顔に引き攣《つ》ったような笑みを浮かべ、左近を迎えた。

「良かったな……」

左近は笑い掛けた。

「お陰で助かった……」

竜海坊は、左近に礼を述べた。

「白竜を失った木曾谷忍び、どう出るかな」

左近は尋ねた。

「江戸のはぐれ忍びに叩きのめされたと諸国の忍びに知れ渡り、その汚名を雪《すす》ぐ為、お館の幻竜斎さまが出て来るだろうな」

竜海坊は苦笑した。

「木曾谷の幻竜斎か……」

「うむ……」

「ならば、柳生蔵人はどう出る」

左近は訊いた。

「柳生蔵人……」

竜海坊は眉をひそめた。

「ああ。尾張柳生流の柳生蔵人だ……」

左近は、竜海坊を見据えた。

「さあて尾張柳生流の事は分からないが、柳生蔵人は宗朝の近習。おそらく宗朝さまの意のままに……」

竜海坊は、左近を見据えた。

「そうか。宗朝の意のままか……」

左近は苦笑した。

三

大久保戸山の名古屋藩江戸下屋敷は表門を閉め、出入りする者も少なかった。

左近は、名古屋藩江戸下屋敷を窺った。

名古屋藩江戸下屋敷は数少ない家来たちが警戒しており、木曾谷忍びの結界は張られていなかった。

下屋敷に忍び込んで宗朝の首を獲るか……。

事の元凶である宗朝を始末すれば、騒動は終わる筈だ。

どうする……。

左近は、名古屋藩江戸下屋敷を眺めた。

名古屋藩江戸下屋敷の表門脇の潜り戸が開き、編笠を被った武士が出て来た。

何者だ……。

左近は見守った。

編笠を被った武士は、辺りを見廻して四谷の方に向かった。

顔は分からないが、身の熟《こな》しや動きからみて柳生蔵人……。

左近は読み、塗笠を目深に被って編笠の武士を追った。


名古屋藩江戸下屋敷の北、裏手には境内の広い古い寺社があった。

柳生蔵人と思われる編笠を被った武士は、古い寺社の境内に進んだ。

左近は続いた。


武士は、拝殿で編笠を取って参拝し、振り返った。

やはり柳生蔵人だった……。

左近は微笑んだ。

「木曾谷忍びの白竜を斃し、見事に撃退したようだな……」

柳生蔵人は笑った。

「江戸のはぐれ忍びは巧妙で強《したた》かだ。木曾谷忍びの数を頼んだ力任せの攻撃。どれ程、通用するか……」

左近は苦笑した。

「うむ……」

蔵人は頷いた。

「して宗朝、犬山藩強奪、諦《あきら》めたかな」

左近は尋ねた。

「所詮は無理筋の企て。早々に諦めれば良いのだが、宗朝さま、何分《なにぶん》にも諦めの悪いお方でしてな……」

蔵人は、厳しさを過《よ》ぎらせた。

「諦めの悪いお方か……」

「うむ……」

「ならば、木曾谷忍びのお館、幻竜斎は……」

左近は、蔵人を見詰めた。

「江戸のはぐれ忍びに叩きのめされた屈辱を晴らし、宗朝さまの望みを叶える為に出府する……」

蔵人は苦笑した。

「来るか……」

「うむ。此のままでは木曾谷忍びは諸国の忍びの笑い者。命懸けで汚名を晴らしに来る」

蔵人は読んだ。

「うむ……」

左近は頷いた。

「さもなければ、幻竜斎、木曾谷忍びを滅ぼした愚かなお館となる。それだけは何としてでも避けたい筈だ」

蔵人は、冷ややかな笑みを浮かべた。

「うむ。幻竜斎の胸の内、分からぬではないが……」

「明日の夕暮れ、下屋敷に参上して宗朝さまにお目通りする手筈……」

蔵人は、左近を見据えた。

幻竜斎は、明日の夕暮れ、名古屋藩江戸下屋敷に来て宗朝に目通りをする。

「そうか……」

左近は知った。

「日暮左近、私は己の信じる道を行くおぬしが羨《うらや》ましい……」

蔵人は、淋し気な笑みを浮かべた。

「蔵人……」

「所詮、私は宮仕え……」

蔵人は笑った。

「その前に柳生蔵人は、尾張柳生流の道統を護る宗家の剣客……」

左近は告げた。

「尾張柳生流の道統を護る宗家の剣客……」

蔵人は眉をひそめた。

「違うか……」

左近は、蔵人に笑い掛けた。

「うむ……」

蔵人は、小さな笑みを浮かべた。

「ならば、己の道を行くしかあるまい……」

左近は笑った。

犬山藩江戸上屋敷には、薬湯の匂いが漂っていた。

目付頭の津坂兵部たち怪我人は、医者の手当てを受けて化膿止めや解熱の薬湯を飲んで養生をしていた。

成瀬正寿は、命を落とした者が僅かだったのに安堵し、手厚く葬り、残された家族に報いるように命じた。

そして、嘉平は江戸のはぐれ忍びに名古屋藩江戸中屋敷を見張らせた。小平太、烏坊、猿若は、見張りに加わった。

「そうか。江戸屋敷、少しは落ち着いたか……」

左近は頷いた。

「うむ。津坂兵部もどうにか命拾いをしたようだ……」

黒木平蔵は、安堵の笑みを浮かべていた。

「流石は秩父忍びの道統を護る陽炎。恐ろしい程の遣い手、忍びだな……」

嘉平は感心した。

「お陰で成瀬正寿さまも無事だった」

黒木平蔵は、左近に頭を下げた。

「うむ。陽炎には成瀬正寿さまの影守《かげもり》、引き続きやってもらっている」

「そいつは、ありがたい……」

黒木平蔵は喜んだ。

「さあて、次はどうなるかな……」

嘉平は笑った。

「うん。宗朝は未だ諦めていないようだ」

左近は告げた。

「執念深い奴だな……」

黒木平蔵は呆れた。

「して、木曾谷忍びのお館の幻竜斎、明日の夕暮れ、名古屋藩江戸下屋敷に来て、宗朝に目通りするそうだ」

左近は報せた。

「明日の夕暮れか……」

嘉平は眉をひそめた。

「うむ。父っつあん、小平太、烏坊、猿若たちと此のまま江戸屋敷の護りをな」

左近は告げた。

「任せておけ……」

嘉平は、楽しそうな笑みを浮かべた。

「うむ……」

左近は苦笑した。

燭台の火は瞬《またた》いた。


大久保戸山の名古屋藩江戸下屋敷は、江戸のはぐれ忍びの報復を恐れ、表門を閉じて護りを固めていた。

左近は、旗本屋敷の屋根に忍んで向かい側の名古屋藩江戸下屋敷を見張り、出入りする者を見定めていた。

今のところ、木曾谷の幻竜斎と思われる者は来ていない……。

左近は、出入りする者を見定め続けた。

刻は過ぎ、陽が沈み始めた。

名古屋藩江戸下屋敷は夕暮れに包まれ、幻竜斎の目通りの刻限が近付いた。

左近は、旗本屋敷の屋根を下り、名古屋藩江戸下屋敷の横手の土塀に跳んだ。

名古屋藩江戸下屋敷の表御殿の周囲には、家来たちが警備に就いていた。

左近は、名古屋藩江戸下屋敷内に木曾谷忍びの気配を探した。だが、木曾谷忍びの気配は窺えなかった。

よし……。

左近は、家来たちの警備を掻い潜って表御殿に忍び込んだ。

下屋敷の警備は緩い。

左近は、表御殿の空き部屋に入り、天井裏に素早く上がった。

天井裏は埃《ほこり》と湿気に満ち、蜘蛛の巣や虫などの死骸が転がっていた。

左近は、柱を繋《つな》ぐ梁《はり》の上に潜み、天井裏を眺めた。

暗く広い天井裏には鳴子《なるこ》や撒《ま》き菱《びし》などの侵入者に対する備えはなく、天井板の隙間や穴から下の部屋の明かりが幾つか埃を巻いて突き上げていた。

よし……。

左近は、突き上げる明かりの一つに向かって梁の上を進んだ。

左近は、梁に両脚を巻き付け、天井板の隙間から差し込む明かりを覗《のぞ》いた。

眼下の明かりを灯《とも》した部屋には、宿直《とのい》の家来たちがいた。

左近は、次の明かりに向かって梁の上を進んだ。

天井板の僅かな隙間の下の座敷では、宗朝が近習相手に酒を飲んでいた。

宗朝……。

左近は、漸く見付けた宗朝のいる座敷を天井板の隙間から見下ろした。

木曾谷忍びのお館の幻竜斎は、未だ来てはいないのか……。

左近は、宗朝のいる座敷の暗がりに幻竜斎を捜した。

「御前さま……」

座敷の外から柳生蔵人の声がした。

「うむ。入るが良い……」

宗朝は、酒を飲みながら告げた。

左近は、己の気配を消して隠形《おんぎょう》した。

「御免……」

柳生蔵人は、宗朝の座敷に入った。

「何用だ、蔵人……」

「はっ。木曾谷の幻竜斎どのが参上致しました」

柳生蔵人は報せた。

「うむ。通せ……」

宗朝は、口元を酒に濡らして命じた。

「はっ。ならば、幻竜斎どの……」

柳生蔵人は、座敷の隅の暗がりを見た。

座敷の隅の暗がりに、禿頭《とくとう》で白い顎鬚《あごひげ》の年寄りが平伏《ひれふ》していた。

「来たか。幻竜斎か……」

宗朝は、幻竜斎に暗い眼を向けた。

「はっ。此度は配下の者共が不覚を取り、御前さまのお望みを叶える事も出来ず、お詫びの申し上げようもございませぬ」

幻竜斎は平伏した。

「うむ。幻竜斎、木曾谷忍びの醜態《しゅうたい》、確《しか》と見せてもらった」

宗朝は、怒りと嘲りを過ぎらせた。

「ははっ……」

幻竜斎は、禿頭を畳に擦り付けた。

「汚名を雪ぎたければ、江戸のはぐれ忍びの者共を斃し、余の望みを叶えるのだな」

宗朝は、冷酷で残忍な眼で平伏す幻竜斎を見据えた。

虚《むな》しいものだ……。

柳生蔵人は、宗朝に平伏する幻竜斎を哀れんだ。


左近は、天井裏で隠形したまま座敷を見守った。

木曾谷幻竜斎は、平伏したまま宗朝の厳しい責めを受けた。

宗朝は、己の望みの叶わぬ苛立ちと焦りを露わにしていた。

醜い我執《がしゆう》……。

左近は、宗朝の愚かさと醜さを思い知らされた。


「御前さま……」

柳生蔵人は、幻竜斎を責める宗朝を制した。

「うむ。何だ、蔵人……」

宗朝は、戸惑いを浮かべた。

「後は我らが……」

蔵人は、宗朝を見据えた。

「う、うむ。ならば幻竜斎、江戸のはぐれ忍びの者共を斃し、吉報を待っているぞ」

宗朝は、僅かな近習を従えて寝間に立った。

柳生蔵人と幻竜斎は、平伏して見送った。

「ご苦労でしたな……」

蔵人は、幻竜斎を労《ねぎら》った。

「いえ。して、柳生どの、白竜や赤竜を斃したのは、日暮左近と申す江戸のはぐれ忍びだと聞いたが、真《まこと》ですかな……」

幻竜斎は尋ねた。

「はい。日暮左近なる者に相違ありません」

蔵人は眉をひそめた。

「そうか……」

幻竜斎は、厳しい面持ちで頷いた。

「幻竜斎どの、日暮左近なる者、只の忍びの者ではありませんぞ……」

蔵人は告げた。

「それ程の腕なのか……」

幻竜斎は緊張した。

「忍びの腕は勿論《もちろん》、剣の恐ろしき遣い手。尋常な者ではない……」

蔵人は教えた。

「それ程の……」

「左様。江戸の裏柳生も幾度となく煮え湯を飲まされたと聞く……」

蔵人は眉をひそめた。

「裏柳生が……」

幻竜斎は、言葉を失った。

「幻竜斎どの、木曾谷忍びの立て直しを願うのなら、此処《ここ》は矛を納めるのも……」

蔵人は勧めた。

「柳生どの……」

幻竜斎は、蔵人を遮った。

「はい……」

「木曾谷忍びの道統を護る者は、既にいます」

幻竜斎は笑みを浮かべた。

死を覚悟した淋し気な笑みだった。

「幻竜斎どの……」

蔵人は、幻竜斎の覚悟を知った。

「青竜、黒竜、赤竜、白竜。多くの忍びの者たちを死なせた罪は重い……」

幻竜斎は、声を洩らさずに笑った。


刺し違えるつもりか……。

左近は、思わず幻竜斎の腹の内を読んだ。

隠形が僅かに解けた。

しまった……。

左近は跳んだ。

刹那、幻竜斎が天井に十字手裏剣を放った。

蔵人は跳び、十字手裏剣が吸い込まれた天井板に刀を閃かせた。

天井板が斬り飛ばされ、埃や虫の死骸が舞い落ちた。

天井板の斬り飛ばされた天井裏には、誰もいなかった。

「人の気配を感じた……」

幻竜斎は、戸惑いを浮かべて天井を見上げた。

「うむ……」

蔵人は頷き、小さく笑った。

四

名古屋藩江戸下屋敷の表門脇の潜り戸が開いた。

老僧が二人の修行僧を従え、柳生蔵人に見送られて潜り戸から出て来た。

饅頭笠《まんじゅうがさ》を上げ、見送りの蔵人と言葉を交わした老僧は、木曾谷忍びのお館の幻竜斎だった。

幻竜斎は、二人の修行僧を従えて出掛けて行った。

おそらく、犬山藩江戸上屋敷か名古屋藩江戸中屋敷……。

左近は、幻竜斎の行き先を読んだ。

殺気……。

左近は、微かな殺気を感じ、出処《でどころ》を探した。

微かな殺気の出処は、幻竜斎と二人の修行僧を見送る柳生蔵人だった。

柳生蔵人……。

左近は眉をひそめた。

柳生蔵人は、幻竜斎と二人の修行僧を見送り、微かな殺気を消して名古屋藩江戸下屋敷に戻った。

どうした……。

左近は戸惑った。

柳生蔵人は、広大な江戸下屋敷内の警備などを配下に指示し、御前さまである宗朝の許に伺候《しこう》した。

宗朝は、広大な奥庭の池の傍の四阿《あずまや》にいた。

「御前さま……」

柳生蔵人は、四阿の宗朝の許に進み出た。

「退《さ》がれ……」

宗朝は、小姓に退がるように命じた。

「はっ……」

小姓は、四阿を出て池の端に退がった。

「蔵人、幻竜斎は如何《いかが》致した」

宗朝は、侮りを滲ませた。

「はっ。麴町の中屋敷、犬山藩江戸上屋敷に赴《おもむ》きました」

蔵人は告げた。

「ふん。木曾谷忍びの幻竜斎、最早期待は出来ぬ……」

宗朝は、嘲笑を浮かべた。

「御前さま……」

蔵人は戸惑った。

「蔵人、江戸の裏柳生はどうなっている」

宗朝は、蔵人に狡猾な眼を向けた。

「裏柳生……」

「ああ。今の裏柳生の総帥《そうすい》は……」

「御前さま……」

蔵人は、声を励ました。

「何だ、蔵人……」

「御前さまは、木曾谷忍びの幻竜斎どのが敗れると……」

蔵人は、声を微かに震わせた。

「蔵人、我ら政《まつりごと》に拘わる者は、常に先を読んで次の手を打っておく……」

宗朝は、尤《もっと》もらしい顔をして告げた。

「ならば宗朝さま、幻竜斎どのが敗れると睨みながら、江戸のはぐれ忍びとの闘いに行かせたのですか……」

蔵人は眉をひそめた。

「蔵人、人には分《ぶん》というものがある。人の上に立つ者と下で使われる者。そして、死んで滅びる役目の者……」

宗朝は笑った。

他人を蔑《さげす》む笑いだった。

「ならば御前さま、宗朝さまは……」

蔵人は、宗朝を見詰めた。

「余か、余は勿論……」

宗朝は笑った。

刹那、蔵人は刀を抜き打ちに一閃した。

閃光が走った。

笑顔の宗朝の首が両断され、血を曳きながら転げ落ちた。

首を失った胴体が崩れ落ち、前のめりに倒れた。

蔵人は、溜息を吐いた。

「尾張柳生流、見事だ……」

左近が、植え込みの陰から現われた。

「日暮左近……」

蔵人は、刀を構えた。

「後の始末は俺が引き受けた……」

左近は笑った。

「後の始末……」

蔵人は、左近に怪訝な眼を向けた。

「うむ。宗朝を斬ったのは俺だ。俺が宗朝を斬り棄てた……」

左近は、眼を瞠《みは》って笑っている宗朝の首に苦笑した。

「おぬしは小姓を此処に戻し、立ち去れ。尾張柳生流の道統を護る為にもな……」

左近は命じた。

「左近……」

池の端に控えていた小姓は、柳生蔵人に命じられて四阿に戻った。

四阿に宗朝はいなかった。

「ご、御前さま……」

小姓は、宗朝を捜した。

次の瞬間、池に水飛沫が上がった。

小姓は驚いた。

笑っている宗朝の首が池に投げ込まれ、水面に浮かんだ。

「ご、御前さま……」

小姓は仰天《ぎょうてん》した。そして、四阿の傍にいる日暮左近に気が付き、激しく狼狽えて腰を抜かした。

「宗朝の首、池の鯉《こい》も餌にはせぬだろう」

左近は笑い、広大な奥庭に走り去った。

「だ、誰か、曲者です。曲者が御前さまを……」

小姓は、掠《かす》れ声を引き攣らせ、必死に叫んだ。


外濠に月影が映《は》えた。

嘉平は、小平太、烏坊、猿若と犬山藩江戸上屋敷の屋根から名古屋藩江戸中屋敷を窺っていた。

名古屋藩江戸中屋敷の奥御殿の屋根には、僧形《そうぎょう》の老人一人が佇んでいた。

嘉平、小平太、烏坊、猿若は、戸惑いを浮かべて僧形の老人を見守っていた。

「どうした……」

嘉平、小平太、烏坊、猿若の背後の闇が揺れ、左近が現われた。

「左近さま……」

猿若は、左近に緊張した面持ちで名古屋藩江戸中屋敷の奥御殿の屋根に佇む僧形の老人を示した。

幻竜斎……。

左近は眉をひそめた。

「ひょっとしたら、木曾谷忍びのお館の幻竜斎か……」

嘉平は、僧形の老人を見詰めた。

「うむ。幻竜斎だ……」

左近は告げた。

僧形の幻竜斎は、奥御殿の屋根の上に彫像《ちょうぞう》のように佇んでいた。

「やはりな……」

嘉平は頷いた。

「何をしているのだ……」

「俺たちが殺気を放っても返して来ない。どうやら、日暮左近を待っているようだ」

嘉平は読んだ。

「そうか……」

左近は頷いた。

「死にたがっているのかもしれぬ……」

嘉平は、幻竜斎の腹の内を読んだ。

「嘉平の父っつあん、皆。名古屋藩の御前さまこと宗朝は死んだ……」

左近は告げた。

「宗朝が……」

小平太、烏坊、猿若は喜んだ。

「そうか、宗朝が死んだか……」

嘉平は、安堵を浮かべた。

「うむ。黒木平蔵さんと津坂兵部さんに教えてやるのだな」

左近は笑った。

「うむ……」

「ならば……」

「どうするのだ……」

「木曾谷忍びのお館幻竜斎、いつ迄も待たせてはおけぬ……」

左近は、笑みを浮かべて進み出て殺気を放った。

僧形の幻竜斎は、墨染《すみぞめ》の衣《ころも》を脱ぎ棄てて忍び姿になり、奥御殿の屋根を跳び降り、外濠沿いの道に走った。

「左近さま……」

小平太は、緊張した面持ちで左近の出方を窺った。

烏坊と猿若は、喉を鳴らした。

「助太刀無用……」

左近は、犬山藩江戸上屋敷の屋根から跳び降り、幻竜斎を追った。


左近と木曾谷の幻竜斎は、四谷の外濠の堀端で対峙した。

「日暮左近か……」

幻竜斎は、左近へ憎悪《ぞうお》の眼を向けた。

「木曾谷の幻竜斎だな」

「如何《いか》にも……」

「宗朝は死んだ……」

左近は告げた。

「宗朝さまが……」

幻竜斎は、戸惑いを浮かべた。

「うむ。雇い主が死んだ今、最早《もはや》、闘う必要はあるまい……」

「そうか。宗朝が死んだか……」

「ああ。首を斬り飛ばされてな……」

左近は笑った。

「首を斬り飛ばされた……」

幻竜斎は眉をひそめた。

「ああ。見事な一太刀でな……」

左近は頷いた。

「首を見事な一太刀で……」

幻竜斎は、宗朝の首を斬り飛ばしたのは左近ではなく、柳生蔵人だと気が付いた。

「そうか……」

幻竜斎は頷いた。

「うむ。木曾谷忍び、最早、犬山藩や江戸のはぐれ忍びと殺し合う事もあるまい」

「いいや……」

幻竜斎は、全身から殺気を放った。

左近は、咄嗟に幻竜斎の間合いから跳び退いた。

幻竜斎は、錫杖の仕込刀を抜き放った。

仕込刀は蒼白く輝いた。
「幻竜斎……」
「日暮左近、配下の者共の無念、晴らしてくれる」
幻竜斎は、左近を見据えて告げ、仕込刀を提《さ》げて無造作に進み始めた。
「ならば、致し方あるまい……」
左近は、無明刀を抜いて頭上高く構えて眼を瞑《つむ》った。
天衣無縫の構えだ。
幻竜斎は、殺気を漲らせて左近に迫った。
左近は、眼を瞑り、研ぎ澄ました五感で幻竜斎の殺気を読んでいた。
幻竜斎の殺気が満ち溢れた時、仕込刀は鋭く襲い掛かって来る。
そして、左近は無明刀を斬り下げる……。
左近は眼を瞑り、幻竜斎の殺気が漲るのを待った。
幻竜斎の殺気は近付いた。
左近は、全身の感覚で身構えた。
次の瞬間、殺気は消えた。
左近は戸惑った。

幻竜斎の殺気が消えたのだ。
左近は眼を瞑り、無明刀を頭上に構えたまま幻竜斎の殺気を探した。
幻竜斎は、己の殺気を消して左近に迫って来るのだ。
何処から来る。
正面か横手か背後からか……。
左近は、幻竜斎の殺気を懸命に探した。
だが、左近の天衣無縫の構えが崩れる事はなかった。

幻竜斎は、己の殺気を自在に操り、影のように左近の正面に迫っていた。
左近は、天衣無縫の構えを取って幻竜斎の殺気を探した。
殺気を消した幻竜斎は、天衣無縫の構えを取る左近に迫った。
陽炎が闇から現われた。
幻竜斎は、左近の正面から己の間合いに踏み込んだ。
仕込刀が煌めいた。
危ない……。
陽炎は、赤い天道虫を放った。

赤い天道虫は、幻竜斎の顔に飛んだ。
幻竜斎は、飛来した赤い天道虫を顔を歪めて僅かに躱した。
刹那、幻竜斎は殺気を漲らせて仕込刀の鋒《きっさき》を左近に突き入れた。
左近は、幻竜斎の消えていた殺気が正面に不意に現われたのに気が付いた。
幻竜斎の殺気……。
剣は瞬速……。
無明斬刃……。
左近は、幻竜斎の満ち溢れた殺気を無明刀で斬り下げた。
血が飛んだ。
左近は、幻竜斎の仕込刀で脇腹を突かれた。
幻竜斎は、額から血を流し、ゆっくりと横倒しに崩れた。
左近は、倒れた幻竜斎を見下ろした。
幻竜斎は、老顔に微かな微笑みを浮かべて絶命していた。
左近は小さな吐息を洩らし、無明刀を一振りして鋒から血を飛ばした。

そして、左近は無明刀を鞘に納め、脇腹を押さえて片膝を突いた。

「左近……」

陽炎が、駆け寄って来た。

「陽炎……」

左近は、陽炎を迎えた。

「危なかったな……」

陽炎は、左近の脇腹の傷を検めた。

「うむ。幻竜斎、途中で殺気を消してな……」

左近は、吐息を洩らした。

「うむ。そんな事だろうと思って、赤い天道虫を放った……」

陽炎は苦笑した。

「それで、不意に幻竜斎の殺気が蘇ったか……」

左近は知った。

「うむ。傷は浅く、毒も塗っていないようだ」

陽炎は、左近の脇腹の傷を見定め、安堵を浮かべた。

「そうか。陽炎、お陰で助かった。礼を申す」

左近は、陽炎に頭を下げた。

「そんな事はどうでも良い。幻竜斎の亡骸を引き取りに来ている」

陽炎は、闇に佇んでいる二人の修行僧を示した。

「うむ……」

左近は、幻竜斎の死体に手を合わせ、陽炎と共に犬山藩江戸上屋敷に向かった。

二人の修行僧が幻竜斎の死体に駆け寄り、素早く運び去った。

外濠の暗がりは静まり、水面に映える月影は蒼白かった。


名古屋藩と犬山藩は何事もなかったかのように、以前の拘わりに戻った。

犬山藩藩主成瀬正寿は、付け家老として名古屋藩藩主の斉温と言葉を交わし、役目を果たしていた。

犬山藩目付頭の津坂兵部は背中の傷も癒《い》え、元はぐれ忍びの黒木平蔵の家には娘の佐奈が戻った。


左近は、秩父忍びの小平太、烏坊、猿若に百両の金を差し出した。

「秩父忍びへの礼金だ。嘉平の父っつあんに頼まれた」

「秩父忍びへの礼金なら、陽炎さまに……」

小平太は眉をひそめた。

「江戸のはぐれ忍びの仕事を受けたのは小平太、烏坊、猿若だ。陽炎と蛍には私から礼をしておく……」

左近は告げた。

「そうですか。ならば……」

小平太は、百両の金を懐に入れた。

左近は、陽炎と蛍には己が犬山藩から貰う礼金を渡すつもりだった。

それが、陽炎の願う秩父忍び再興の為になるのなら……。

陽炎は、小平太、烏坊、猿若、蛍と秩父に帰った。

左近は、陽炎たちを見送った。


尾張柳生流の柳生蔵人は、宗朝の死とともに近習役をお役御免となり、尾張の国許に帰った。

木曾谷忍びは、愚かな宗朝の我執に巻き込まれて虚しく滅びた。

鉄砲洲波除稲荷には汐風が吹き抜け、江戸湊は煌めいた。

左近の鬢《びん》の解《ほつ》れ毛は揺れた。

光文社文庫

文庫書下ろし／長編時代小説

大《だい》名《みょう》強《ごう》奪《だつ》　日《ひ》暮《ぐらし》左《さ》近《こん》事《じ》件《けん》帖《ちょう》

著　者　藤《ふじ》井《い》邦《くに》夫《お》

2024年4月20日　初版1刷発行

発行者　三宅貴久
印　刷　新藤慶昌堂
製　本　フォーネット社

発行所　株式会社　光文社
〒112-8011　東京都文京区音羽1-16-6
電話　(03)5395-8147　編集部
8116　書籍販売部
8125　制作部

落丁本・乱丁本は制作部にご連絡くだされば、お取替えいたします。
ISBN978-4-334-10283-8　Printed in Japan

組版　萩原印刷

藤井邦夫

［好評既刊］

長編時代小説★文庫書下ろし

御刀番 左《ひだり》京之介

(一) 御刀番 左京之介 妖刀始末
(二) 来《らい》国《くに》俊《とし》
(三) 数珠《じゅず》丸《まる》恒《つね》次《つぐ》
(四) 虎徹《こてつ》入道
(五) 五郎正宗
(六) 備前長船《おさふね》
(七) 九字《くじ》兼定《かねさだ》
(八) 関の孫六
(九) 井上真改《しんかい》
(十) 小夜《さよ》左文字《さもじ》
(十一) 無銘刀

乾蔵人 隠密秘録

(一) 彼岸花の女
(二) 田沼の置文
(三) 隠れ切支丹
(四) 河内山《こうちやま》異聞
(五) 政宗の密書
(六) 家光の陰謀
(七) 百万石遺聞
(八) 忠臣蔵秘説

評定所書役・柊左門 裏仕置

(一) 坊主金
(二) 鬼夜叉
(三) 見殺し
(四) 見聞組
(五) 始末屋
(六) 綱渡り
(七) 死に様

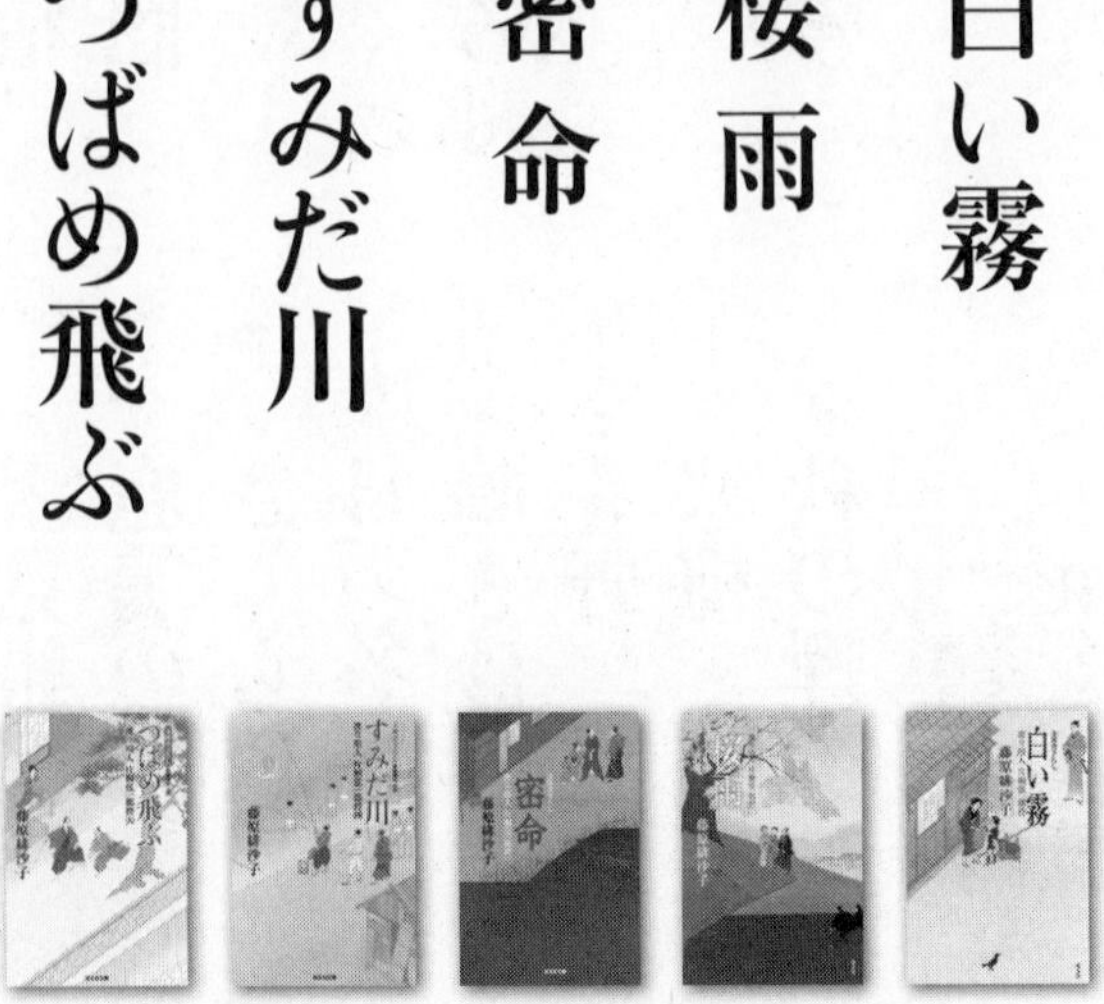